你把我养大
我陪你
变 老

亚豪 等
—— 著

文匯出版社

图书在版编目（CIP）数据

你把我养大，我陪你变老 / 亚豪等著．-- 上海：文汇出版社，2017.1
ISBN 978-7-5496-1938-2

Ⅰ.①你… Ⅱ.①亚… Ⅲ.①散文集 – 中国 – 当代 Ⅳ.① I267

中国版本图书馆 CIP 数据核字（2016）第 299612 号

你把我养大，我陪你变老

出 版 人 / 桂国强
作　 者 / 亚　豪　等
责任编辑 / 乐渭琦
封面装帧 / 阿　赖

出版发行 / 文汇出版社
　　　　　 上海市威海路 755 号
　　　　　 （邮政编码 200041）
经　　销 / 全国新华书店
印刷装订 / 三河市京兰印务有限公司
版　　次 / 2017 年 1 月第 1 版
印　　次 / 2017 年 1 月第 1 次印刷
开　　本 / 889×1194　1/32
字　　数 / 163 千字
印　　张 / 8

ISBN 978-7-5496-1938-2
定　价：36.80 元

/ / /

如果有一天,

当他们站都站不稳,

走也走不动的时候,

请你紧紧握住他们的手,

陪他们慢慢地走……

就像……

就像当年他们牵着你的手一样……

///

如果你还有机会,

请常回家看看。

如果你没有了机会,

请相信妈妈已经原谅了你。

不是所有的人,

都有机会说:

"妈妈,我还会再来看你的……"

目录 Contents

你把我养大,我陪你变老 _ 001

当我懂你时,你却老了 _ 012

当他们老后,你还能陪他们多少天 _ 018

你的翅膀停在哪儿了 _ 026

离散 _ 035

//////

//////

妈妈的名牌_052

有父如此,女复何求_068

不再让你孤单_081

不流泪的母亲_095

从你的全世界路过_112

人为何要背负感情 _ 124

你可千万别像你爸啊 _ 133

你往独处去 _ 147

一生只够爱一人 _ 154

你不用回来 _ 171

//////

//////

浪子 _ 190

我怕你离开我 _ 208

再给我一块花馍馍 _ 215

出门在外 _ 231

老爸：您真的走了吗？_ 236

你把我养大，
我陪你变老

你肩上背着的不仅是你的人生，
还有他们在这个世界上最大的牵挂。
从有你之后，
他们这一生的奔波与操劳、忍耐与坚韧，
都不过是为了给你更好的爱。

1 ///

外面下着小雪，天气越来越冷，我一个人坐在麦当劳里。上课地方的周围除了一家麦当劳再没有其他的饭店，每次上完课只好来这里吃晚饭。

右手旁坐着一对母子，小男孩看样子十岁左右，长得灵巧，很讨人喜欢。妈妈上身穿着并不合身的大衣，脚下放着一个很大的背包，按生育年龄推算她应该三十多些，可是她看起来却有一张四十岁的脸，脸上所写的不是沧桑，更像是岁月的风霜。他们只要了一个套餐，小男孩吃得很开心，一脸的满足，两只小脚丫在椅子下面踢来踢去。妈妈喝着自己带来的矿泉水，疼爱地看着儿子，脸上的神情比小男孩还要满足和幸福。男孩大口咬着手里的汉堡，水汪汪的大眼睛看着妈妈，嘴里的汉堡还没咽下去，嘟嘟囔囔地问："妈妈,你为什么不吃呀?汉堡可好吃了。"妈妈摸了摸儿子的小脑瓜笑着说:"你好好吃,不够再要,我不爱吃这些东西。"小男孩天真地说:"妈妈真奇怪,这么好吃的东西你都不喜欢吃。"妈妈看着儿子,不知为何眼神里闪过一丝愧疚:"喜欢吃吗?等妈以后赚钱了,天天带你来吃。"这些话语听起来是那么熟悉和亲切。我看着自己手里的汉堡,不禁思绪万千。

小时候,父母刚来到北京打拼,家里条件窘迫,那时北京还没有麦当劳,肯德基刚进入中国市场两年。有家邻居很是富裕,家里有一个男孩,比我小三岁,我常去他家里玩。第一次看见肯德基就是在他家里,男孩的妈妈三天两头就带他去吃肯德基,每次还都会买回来很多,碰到我来时会给我拿个鸡翅和一些薯条吃。

在那年,肯德基还算是奢侈的食物,一个十块钱的汉堡对于并不富裕的家庭来说,不是想吃就能吃到的。小孩子喜欢攀比和炫耀,没有恶意,算是分享自己幸福的一种方式吧。一起玩的时候,常有人拿着有肯德基老爷爷的袋子一脸开心地说"今天我妈带我去吃肯德基了"。我也想吃,他们每个人都说汉堡又香肉又多,听得我直流口水,晚上回家吃饭的时候总会在脑子里想象汉堡的模样和味道。

小学六年级时,妈妈第一次带我和妹妹去城里吃肯德基,在周围的小伙伴里我算是最后一个去吃肯德基的。那天的画面至今依然清晰地刻印在我的脑海里。妈妈一共点了两个套餐，一个辣汉堡，一个不辣的，我和妹妹一人一个，她什么也没要。

我吃得很香，汉堡真好吃，而心里更是满满的骄傲感，我也是吃过肯德基的孩子了。我在餐桌上问了妈妈同样的话："妈妈，你为什么不吃呀？"她笑笑说："我不喜欢吃，你和妹妹吃吧。"

我觉得这么好吃的汉堡她要是不尝一口一定会后悔，便站起来踮起脚尖硬把汉堡包放到她嘴边："你尝一口嘛，可香了！" 她看着我一直笑，"儿子真好"， 然后咬了一小口，可是一口肉也没咬，咬下的只是汉堡周围的面包。我当时天真地在心里想："看来妈妈是真的不喜欢吃。"

那天回来，我高兴得手舞足蹈，还特意把有肯德基老爷爷的袋子带回来，以此纪念我也是去肯德基吃过汉堡包的人了。可晚上躺在床上时，心里一直在想妈妈为什么不喜欢吃，闻起来都这么香的汉堡她怎么可能会不喜欢吃。

她为什么连汉堡包周围的面包都舍不得咬一口。幼年时因为生了很怪的病，妈妈每天带着我去市里的中医研究所扎针灸。刮风下雨，寒风暴雪，一路上她都紧紧把我搂在怀里，这一搂便是整整六年。那时爸妈的工资加起来一天才一百，我每天喝的两副药钱就有一百五。我记得那六个冬天里她穿的都是同一件羽绒服和毛衣，爸爸除了几身军服，平常出门甚至都没有可换的衣服。因为休了学，她怕我每天去看病会觉得无聊，总是想给我些小快乐。

医院附近有一个老胡同，里面都是北京的传统小吃，味道很正宗，在外面都能闻到飘来的香味。每天扎完针灸回来，她都会给我买个糖葫芦、童子鸡、糖耳朵、灌肠之类的美食，然后自己在旁边看着我吃。这六年她在外面花的每一分钱都是为我和妹妹花的，起码在我的记忆里，她从没在我眼前买过任何东西，哪怕是路边一个她很喜欢的三块钱的发卡。

而她对我说得最多的一句话就是"喜欢吗？喜欢妈以后每天都给你买"。夏日的一天，太阳很毒，我又渴又热，想喝点冷饮，她在胡同里给我买了一罐北京的老酸奶。那天我和她倔了很久，要买就买两罐，可到最后还是没有说服她。我喝了两口便假装肚子疼把剩下的都给了她，她喝得很享受。那种罐装的老北京酸奶很好喝，直到现在都卖得很好，喝完后我小大人似的一本正经地问她："妈，你喜欢喝吗？"

她看着我说："喜欢，一直都喜欢喝这个酸奶，就是贵，四块钱。"

我挺直了腰板,拍了拍她的肩膀,霸气地对她说:"喜欢就好,不就四块钱吗?我以后每天都给你买两罐喝。"

她笑开了花,摸着我的脑袋说:"那我可等着喝了。"

那一整天她都很开心,脸上挂满了幸福,只是因为她的儿子许诺以后每天给她买两罐酸奶喝。

2 ///

长大后家里慢慢富裕了,可她还是舍不得为自己花钱。看上一件衣服恨不得转遍所有店面,等打折等到快要下架了才会去买。可是对于我和妹妹,从来都是花钱不过脑,只要喜欢她就毫不犹豫地付钱。有时我嫌东西贵想再看看,她却突然倔强得像个孩子似的非要掏钱买下来,嘴上不情愿地唠叨着:"我这辈子就是欠你们的。"可每次给我们花完钱后她却总是比我俩还开心,为我俩花钱、不顾一切地把这世上最好的事物送到我们的手里,好像成为她这一生最快乐的事。

高一的时候,她去香港旅游,回来的时候像个小女孩似的蹦蹦跳跳地过来告诉我给我买了一个DV和两双鞋,给妹妹买了一块女式高档手表。她一脸的满足,却没有给自己和爸爸买任何东西。我当时间她怎么也不给我爸带点东西，爸爸在一旁大气地挥手一笑："没什么好东西可买的。"后来她告诉我在香港的时候爸爸特意打电话嘱咐她千万别给他买东西，留着钱给孩子和自己多买点。她把买来的东西给我时，嘴上还一直念叨着："香港的衣服又便宜，款式又多，我一个人带不下太多东西，等下次再去时你给我列好想要的，我再给你买。"

晚上我在自己的卧室里看着DV和两双鞋时，心里愈发不是滋味。我都这么大了，可她还是把我和妹妹当作小孩一样宠爱，一样舍不得自己花一分钱，一样总想把这世上最好的都留给我们，一样连汉堡周围的面包都舍不得咬一口。高中时有一次和班主任谈心，我问了她一个问题："一个人在什么时候才能真的长大，成熟起来？" 本以为她会说现在的你已经长大了，或告诉我进了大学步入社会，出去闯荡两年就会成熟起来。

可她看着我眯着眼睛，摇摇头笑了笑："等你有了孩子，等你成为父母那天起。"

那时我并不明白这个答案，这两年看到身边的一些朋友结婚，有的已经有了孩子，当我看到他们的转变时才渐渐明白。他们谈论的话题，构想的未来，生活的重心，全部变成了自己未来的孩子。他们再也不像从前一样因为一些小事而大哭大闹，因为想要证明自己的存在而刻意惊天动地。

在商场看到喜欢的衣服转过身忘记，节假日看到向往已久旅游景点的广告时忍住诱惑关掉网页。一日三餐，生活起居全部从简。从前花起钱大手大脚的人开始斤斤计较处处打算，生活变得越来越平淡朴素。他们活了二十多年都没能学得，父母、长辈、老师苦口婆心教育了多年都没能见到成效的一些生活道理，如今，好像突然在一夜之间懂得了。

他们每个人对生活都充满了前所未有的热情，仿佛身体里燃烧起了第二次生命，因为他们对将来，对孩子的未来充满了期待。他们几乎忘记了自己的存在，曾经所有的青春年华与潇洒豪情，全部化成了对一个新生命的希望与爱。

3 ///

上个月回家时，翻出了家里的老相册，我看着相册里的年轻女子，心里一阵酸楚。这个女子美丽脱俗，笑起来像一朵深夜里盛开的百合。我忽然想起姥姥曾给我讲过你大学的时候是班花，有一副好嗓子，唱起歌来优雅动听。你还有一手好文笔，校报上特地为你设了一个专栏。

妈妈，你出生在一个知识分子家庭，姥姥是重点高中的老师，姥爷是校长,你是家里最小的,从小到大都受着宠爱,你是那个年代的大家闺秀,出类拔萃,亭亭玉立。

可现在我却如何也不能相信这是曾经的你,因为现在的你没有任何特长,没有兴趣爱好。你甚至都没有什么朋友,只是偶尔和家里的姨舅打个长途电话,唠叨着那些说了一遍又一遍的家长里短。你从不出去活动,也从未参加过任何俱乐部,只是每年跟着单位出去旅游一两次。

除此之外,你生活的全部就是上班和回家,买件自己喜欢已久终于等到打折的衣服、继续增长自己的厨艺,算是你生活中唯一带有色彩的事物。我一直觉得你可能这一生都从未想过自己究竟喜欢什么,有过怎样的梦想。我甚至嫌弃你的人生太乏味,生活太单调,你这一生就好像一幅毫无色彩的铅笔素描一样。我不明白你是如何忍受过来的,又为何要如此甘愿荒废这一生。

可如今我才明白原来你的青春曾经也是绚丽多彩的,你也有过权利和能力过自己想要的人生。而这一切的转变,这所有的失去,只是因为,你的生命里有了我。

我看着身旁的小男孩,他又要了一个新的汉堡,吃得很开心,妈妈依然坐在对面疼爱地看着他。

也许今晚回到家后他也会在心中疑问妈妈为什么不喜欢吃汉堡；也许他以后也会总是不懂事地向妈妈一味索要；也许等他长大后也会叛逆，和父母吵架，厌倦他们的管教；也许有一天他也会不再把妈妈当作知己交心攀谈，习惯把秘密藏在自己的心里；也许有一天他也会不再理睬爸妈的关心，忘记了父母的担忧；也许有一天他也会想要逃离这个家，离父母越远越好；也许以后他也会在心里厌烦妈妈的唠叨、爸爸的古板；也许有一天他也会冷漠地对养育他多年的父母大声喊"你们根本就不了解我，不爱我"；也许有一天他也会宁愿把时间和精力放在朋友身上和电脑前，也不愿陪爸爸看看电视、陪妈妈聊聊天；也许以后他也会因为自己的任性和倔强，一次次地刺痛着父母的心；也许多年后的一天，他也会想要回到旧时光里给那年的自己一个嘴巴，告诉他有多么不懂事。

可是，小男孩，也许多年后的一天你也终会明白：对父母来说，他们的生命早已全部变成了你，他们痛苦着你的痛苦，快乐着你的快乐。你的苦难是他们的折磨，你的平安就是他们的幸福，你的微笑是他们的阳光，你的精彩就是他们生命里的色彩。你抱怨生命里为何要有烦恼、挫折、委屈、痛楚，可每当你在遭受这些时，他们也都在默默地和你一起遭受。

你肩上背着的不仅是你的人生，还有他们在这个世界上最大的牵挂。自从有你之后，他们这一生的奔波与操劳，忍耐与坚韧都不过是为了给你更好的爱。

也许更多年后你也会忽然发现，是你，把年轻貌美的她变成了啰唆唠叨的中年妇女；是你，把风华正茂的他变成了看着电视都能睡着的小老头；是你，把他们的青春全部悄悄偷走；是你，耗尽了他们生命里最好的时光；是你，苍老了他们的容颜，蹉跎了他们的一生。

当他们年迈以后，当他们再也不能走出屋门去看看外面的世界时，你的眼睛就是他们看到这个世界唯一的窗户。

急于走向未来的你，一定不要忘了身后逐渐老去的他们。小男孩，现在的我很想走过去，在你耳旁悄悄地对你说一句："这个汉堡包里，是满满的爱。"

子欲养而亲不待。我们与父母的缘分只有一次，下辈子，无论爱与不爱，都不会再见。

（陈亚豪）

当我懂你时,你却老了

你总是在心底默默地期待着,

等着有一天儿子回过头来发现你的爱,

和你心灵相通,

和你相互理解,

等着"有一天你会懂"。

只是我懂了,你却老了。

记得有一年过年回老家,在老房子里,姑姑带我看了以前爸爸住的房间。我翻看着桌子上满是灰尘的纸张,有爸爸年轻时候给别人写的信,爸爸的字体很特别,一眼就能看出来;有随手涂鸦画的画,我终于知道为什么从小到大我只会画鸟,因为那张满是涂鸦的纸上,全是鸟。最后翻到一本笔记本,记了一些公式、一些诗句,翻到封面,上面写着一句话:走尽天下路,看遍天下景。

于是我终于理解了,为什么多年来爸爸带着我到处漂泊,以致读一个小学都读了三个城市。看这些时,感觉很微妙,因为爸爸那时候还不是爸爸,而我那时候还在不见天日地游泳。你只是在看着一个不同年代的同龄人,但那个人,日后竟然是你爹。

爹和我都有个特点,就是话多,基本上他是个风趣幽默的男人。我在这方面受了一点遗传,所以有我们父子在的地方,别人一般都不想插嘴，因为他们想听我们天南海北地谈天说地。

儿时的我，充满侠义情怀，特别想加入丐帮，每天不拿根棍或者竹竿之类的在手上就全身不舒服，没有勇气开始一天的生活。后来我妈受不了了，说瞎子才像你这样，每天拿根棍子。爹听了，从杂物房里找了几块木板出来，给我弄了把木剑。当时我很高兴，觉得爹很牛。

据说我小时候各方面都有天赋，小学的时候所有科目的老师都要求我进他们的兴趣小组。后来我都没参加，因为我求我爹送我去学武术。当多年后有一天我想起这件事，我问爹，当初我学武术怎么学着学着就没了下文。

爹说去了两节课，回家你发现你没像乔峰一样飞起来，就不肯去了。

尽管如此，由于小时候参加什么竞赛得了什么奖，爹对我期望极大，以致他下定决心对我严加管教。甚至严格到我们班主任亲自找他谈话，给他讲"拔苗助长"的故事。

但是随着时间流逝，爹作为一个父亲的威严渐渐在我固执的心里失去了效果。我属于吃软不吃硬，并且在沉默中爆发的类型。我默默地做一切与我爹的期望完全相反的事情。

并且由于三番两次地突然就离开熟悉的城市，去另一个陌生的地方，从来没有人问过我愿意不愿意，接受不接受，我的内心渐渐地变得很难让人走近。于是一个闷骚的男孩和一个闷骚的男人就这样越来越远。

父子间不由得出现了隔阂，只剩下争吵、冷漠、互不理睬。甚至有一年父子间说的话没有超过五句。

初中毕业那年，父母决定让我离开家里，自己去海口上学。我带着对我爹的厌恶走了，忍受着举目无亲和巨大的孤独。

高一那年中秋，我坐在宿舍看着同学们一个一个收拾东西在父母的陪伴下回家过节，当天夜里我一个人坐在草坪上，忍不住开始想念我的爹娘。很明显，离得远了，往往能拉回心的距离。

我想起了一些爸爸曾经对我说过的话，想起了曾经和爸爸一起打打闹闹度过的日子，想起了爸爸不厌其烦地跟那时仅仅觉得"因为我站着撒尿所以我是男人"的我谈论怎么样才是一个男人。那时爸爸总对我说，有一天你会懂。

渐渐地，厌恶、鄙视变成了想念、后悔和对爸爸的理解。后来我给爸爸写了一封信，爸爸不久之后给我回了信。看着信，我觉得多年来的心结打开了。我知道有些话，我们互相说不出口。有一天，一个陌生的女人给我打电话，告诉我她是我姑姑。我隐约记得爸爸有这样一个妹妹。爸爸叫她来看我。姑姑对我很好，几乎无微不至，让我不再觉得举目无亲。姑姑告诉我，她一直知道我在这儿，爸爸不可能真的让你一个人孤零零地在外面。

当时我沉默不语，可能这就是闷骚的父爱。

爸爸很不显老，以致我一直觉得爸爸没老过。只是那天，我看到爸爸在厂里和员工聊天，笑的时候，眼角的皱纹一层一层地叠起，就像一夜之间起来的。那时我仔细看着爸爸，发现那个谈笑风生、外表永远比实际年龄年轻十岁的男人真的老了，眼睛失去了我印象里的神采。

回想起三年前，爸爸在我面前，跟我说，打算离开重庆，回到广东。那时我虽然已经一年没有回重庆了，但是依然觉得那是熟悉和热爱的地方，只要家在那里就行。我摇着头说这次绝对不回。对于又要离开一个地方，我第一次这么强硬。

过了一阵儿爸爸说，我们这代人最讲究落叶归根，人过半百了，老了，总要落叶归根的，始终还是要回到自己的地方的。那时爸爸看着我,我在爸爸的眼睛里竟然看到了一丝哀求。我想起姐姐跟我说的,爸爸是个喜欢到处跑的人,但是他从来没有让一家人分开过。我心里突然就酸酸的,原来一晃已经那么多年过去,你不再是那个意气风发的少年,只是一个累了想回家又怕儿子不愿意的爸爸。

你总是在心底默默地期待着,等着有一天儿子回过头来发现你的爱,和你心灵相通,和你相互理解,等着"有一天你会懂"。

只是我懂了,你却老了。

(里则林)

当他们老后,
你还能陪他们
多少天

这世上最疼爱你的那个人,

在有生之年里,

你对他说过"我爱你"吗?他还在吗?

1 ///

别人都叫他老郑,一个老实巴交的人。

年轻的时候,他是一个热心肠的人,却又总是被人算计。他在发电厂工作,大半辈子的时间都奉献给了电力事业。他没怎么说过他的曾经,因为我和他也只是在这光阴的半路认识。关于他的二三事,我都是听我姨夫说的,因为姨夫和他同是发电厂职工。

姨夫说老郑在发电厂上班期间遵守各项纪律,时间久了,厂里的职工便开始打起老郑的主意。别人有事要麻烦他时,都会一个劲儿地叫老郑哥哥啊,郑哥哥,你帮我一个忙,我家里有事需要请一天假,你能不能帮我代班。他听别人这么说,总会义不容辞地说:"没事,你安心地回家,我帮你代班没啥问题。"于是,原本该别人值班,都变成了他值班。他知道别人葫芦里卖的什么药,无非想耍滑头玩一天,但他还是答应帮别人代班,甚至逢年过节。后来,电厂里的人都喜欢打他主意,因为他老实,话也不多,就好抽烟。你要是送他酒啊,他绝对要生气。但是送他烟,他笑眯眯地说没问题,代班的事情包在他身上。

春夏秋冬,岁月交替,他过了风华正茂的年纪,但不改他的热心肠。这时,厂里有一个女职工看不惯了,有一回趁他值班时就去敲门找他,问他怎么无论大事小事都帮别人,自己老吃亏这怎么能行呢?他仍旧抽着烟笑眯眯地说:"没事没事,我还没结婚成家,父母身体也好,同事之间帮帮忙没多大事。况且吃亏是福。"但他不知道,从那时起,那个女职工有事没事都会找他聊天。明眼的同事都看得出来,他俩肯定会擦出火花。果不其然,老郑的结发妻子便是那个不嫌弃他穷、愿意陪他同甘共苦的女职工。

想来,他们那个年代的婚礼应该不像今天那么注重形式,更应该注重的是两颗心的融合与相濡以沫的陪伴。两人近三十岁时才有了个男孩。

老伴老伴,本应该是老来执手相伴。只是岁月啊太无情,你怎能眼睁睁地看着这么一对平凡朴素的恩爱夫妻生离死别?他们原本应该享受儿女孝顺的天伦之乐,然而世事无常,他的妻子因病去世,留他一人支撑家庭。

2 ///

三年后,他以前单位的同事给他介绍了一个女人,那女人也是在自己年轻、儿子也才十岁的时候没了丈夫。彼时,那女人的儿子读高二,他们母子俩刚刚逃离一个有家室的坏男人近十年纠缠的梦魇。男孩第一次看见老郑的时候,是在男孩家。当时男孩的母亲特意把家里收拾干净,还找了一件自己舍不得穿的衣服穿在身上问男孩好不好看,要不要化妆。男孩笑着说妈妈太可爱了,又不是初恋,只是见别人介绍的对象而已,不必紧张。

老郑来了后,男孩和他母亲好好招待他。老郑很朴素,一眼便看出是一个老实人。那天给他们做介绍的男子也在场,男子作为中间人介绍了双方的情况,倒是男孩母亲一个劲儿地说只要人勤快,照顾家就行了,别的也不贪图啥。男孩觉得,眼前的老郑很亲切、温暖。那天以后,老郑就经常去男孩家,久而久之,便住在了他们家,周末时回自己家里看看。

老郑在男孩读高二的时候就进入他们家庭,到现在已有六年了。这六年的时间里,他极力做好一个父亲应该尽的责任,男孩和他母亲也都很喜欢他。每年清明节的时候,老郑都要陪他们母子俩去给男孩已故的父亲祭祀,男孩的母亲也会去他家给他结发妻子祭祀。不过这六年来,男孩从来都没去过老郑家,也没见过他的儿子和女儿。而且，男孩的母亲没有和老郑办理结婚证。家庭聚会时，男孩家人会问男孩，那个郑叔叔对他们好不好，男孩点头说对他们特别好，只是没有办结婚证，男孩怕自己的母亲吃亏。男孩的家人与男孩的母亲谈心，让她与老郑办理结婚证。男孩的母亲则说，她和老郑在一起只图个老来相伴便是了。况且现在各自儿女都长大了，都有各自的未来。

3 ///

男孩大学毕业后，老郑仍旧会像以前那样，每周给他二百块钱零用，让男孩多买些吃的，别饿着。老郑自己患有糖尿病，身体不好，所以很少给自己买吃的，省出来的钱都拿给自己的儿女和男孩用。

男孩家贫，住的是父亲在世时的单位家属院，家里还有欠债，而老郑都一一地帮男孩家还清。男孩很感激他，很想喊"爸爸"两个字报答他的恩情，可是爸爸这两个字对男孩来说，极别扭，因为男孩十岁时便没了父亲，童年生活不愉快，遭逢了太多辛酸悲苦，尤其是一个有家室的恶霸男人在男孩十岁时闯入了他的家庭生活，更在男孩心中留下了阴影，所以"爸爸"二字于男孩而言，在他十岁时就已经从人生字典里抹掉了。如今想要把"爸爸"二字喊出口，太难太难。

4 ///

2014年除夕前,老郑在家突发疾病,幸亏他儿子发现及时,赶紧送了医院。男孩的母亲得知后,也立马赶了过去。男孩当时上班,工作忙,便在第二天才去看望老郑。

去医院的路上,寒风凛冽。男孩望着走在前面瘦小的母亲,心酸不已。男孩突然觉得自己欠下母亲太多恩情。男孩小的时候不懂事,因为邻居的谗言骂过自己的母亲,甚至扬言要与母亲断绝关系。他看见母亲哭了,不但不去安慰认错,还离开家跑了出去。男孩也因为嫌弃母亲做的饭菜难吃,当着母亲的面把饭菜扔在地上埋怨母亲。清明节的时候,男孩不要母亲与他们一起去祭祀父亲,男孩说既然父亲墓碑上没你的名字,你这个不三不四的女人凭什么去。男孩不知道他说的这些话犹如一根针,一点一点刺进母亲的心窝,留下了伤痕。

男孩的母亲要养家,要抚养男孩长大,仅靠微薄的低保金与开小卖部只能勉强维持生活。然而在少不更事的年纪说出那样的话,男孩现在想起来十分后悔。

如果岁月可以回头的话,男孩一定不会说出那些伤母亲心的话语,他一定要好好保护母亲,让她幸福开心。

那天,男孩与母亲到了医院。在医院电梯里,男孩的母亲说:

"等会儿见着郑叔叔时,你能不能开口喊他一声'爸爸'?他对我说过,他很想听你开口叫他一声'爸爸',他怕以后没有机会听。"说到这儿时,男孩的母亲哽咽了,用手擦了擦眼睛。男孩沉默着,没有说话。

男孩和母亲进医院病房时,就老郑一个人。老郑说他知道他们母子俩要来,便叫自己的儿女先走了。男孩看见老郑后,询问了下他的病情,让他好好休息,一定会好起来,手术会成功。这时,男孩的母亲削了一小块苹果喂老郑吃。老郑用瘦弱苍白的手抓着男孩母亲的手说:"玲玲啊,万一手术出意外怕对不住你们了。你本来就命苦,我真的怕没时间照顾你们,让你们又过苦日子。"男孩听到老郑说这些,以上厕所为由,走了出去。其实,男孩只是害怕听见他们的对话,怕自己会忍不住哭泣。

5 ///

老郑手术成功,经过一个月的住院治疗,医生说目前没有危险,但不保证几年后没有危险。经过这一次的波折,男孩更加清楚明白地知道了一点,亲情等不起。我们总说等自己有钱了让自己的父母如何如何,其实细细想想,父母要求的并不多,他们要的也许就是常回家看看,或者有事没事地聊聊天。

现在,男孩懂事了。他努力挣钱,因为他说过要带自己的母亲与老郑一起出去旅游，他们三人拍了很多很多照片，然后男孩还要把照片传在朋友圈，让自己的朋友知道，他有一个全世界最好的爸爸。

那个正在努力的男孩，就是我，我叫沈善书。那个老郑，是我的继父，他今年五十五岁。而我所亏欠最多的，便是我的母亲。我不知道我现在才懂得这些晚不晚，但我一直都以努力的姿态前进，要让母亲与郑叔叔一起快乐地享受晚年生活。

希望你趁现在一切都还来得及时，对父母说一句"我爱你"，哪怕只是朴素的一声"爸妈，你们辛苦了"。你要知道，他们不像你，在时光面前还有青春可以拿来挥霍。

在时光面前，父母是最没资本、最等不起的人。

（沈善书）

你的翅膀停在哪儿了

"父母在,不远游,游必有方",
到如今才懂这句古训。
只盼他们有足够的时间再等等,
等我的翅膀有足够的力量,
可以带他们一同飞翔的那一天。

我从小喜欢吃鸡翅。我妈说，喜欢吃鸡翅的人是因为想飞。

我指着院子里低头啄米的母鸡，笑着回答她："我要是想飞我得吃鹰翅，吃鸡翅顶多能飞过这堵墙。"

那是数年前，我妈站在厨房里，腰里系着围裙，手里的铲子大力翻炒着锅里的鸡块，五成熟后，加水，加土豆，加料，大火烧开小火慢炖。一个小时过去，整个院子里都弥漫着鸡汤酥烂绵长的香气。

一只鸡两只翅，到最后一定都在我的碗里。

我在家是长女，下有弟妹，家里有好吃的、好玩的，一定先留给弟妹，这是惯例。然而唯独这鸡翅，我妈却一直维持着刻意的偏私。连我十二岁的小妹，盛菜时看见，也一定要夹过来递到我碗里，因为"咱妈说，大姐最爱吃鸡翅"。

十八岁那年高考，我一心一意要去远方。

吃了那么多年的鸡翅，想飞是玩笑，想走却是真的。

未来是模糊的，要做什么也并不清楚，但是一定要离开。那时我年轻，文艺且矫情，渴望远方，崇尚流浪，满腔热血，自命不凡，拼了命也要出去闯一闯。

高考填志愿那几天，爸妈精挑细选的几个学校皆在省内，我看也不看，到学校径自填了千里之外的大学。

我妈生气，气我不跟她商量。

我说："我现在跟你商量，你会同意吗？"

我妈说："不同意。"

我说："那我为什么还要跟你商量？"

她扭过头不理我，一面生气，一面又担心我不被录取，整夜整夜地睡不着觉。

等到我真的被录取了,她又高兴得不得了。然后一想到要去那么远的地方念书,她又生气。情绪来回切换,悲喜反反复复,好像她才是中举的范进。

我不吭声,自己写了大学要置备的行李清单,去县城一样样买回来,打包,装行李,买火车票,都要走了,她还在生气。

临走那天早上醒来,迷迷糊糊看见她坐在离我不远的地方,一个人怔怔地看着我,半晌,悄悄地拿手抹眼泪,嘴里小声念叨着:"去那么远干什么?回来一趟那么难。"

大三那年,跟张先生谈恋爱,告诉她,她第一句话问:"家是哪儿的?"听说是大连,不吭声了,又生气,很多天不理我。

再给她打电话的时候我装死,不提这茬儿。她也不问了,只是旁敲侧击地说:"你看咱对门你李阿姨家的儿子,跟你同年考的大学,模样、人品都好,我这儿有电话,你联系联系?"

又说,姑娘家嫁得远,将来在婆家受气娘家都帮不上忙。

我不耐烦,问她到底想说什么。

她说:"我就希望你找的婆家离我不远,逢年过节骑个摩托车就能回来看看。"

我一字一句地说:"首先,即使我不谈恋爱,毕业也不会回老家。其次,即使你们不同意,我也不会听。最后,我念了这么些年书,不是为了嫁给隔壁小李的,我要嫁给大连的小张。"

她不甘心地接受了这个事实,时不时还要委屈地自言自语,老家有什么不好的,怎么就不能留下来。

老家有什么不好的?我也不知道。

十几年前爸从部队退伍,我们举家从东北回到豫南。

我爸说,叶落要归根,人不能一辈子飘在外面。

可我不愿意,我还得往外走。

十多年来,我记得每一个漫长的冬季,屋子里时不时穿堂而过的阴风,从骨髓到指尖无声蔓延的凉寒;记得手背上大块大块紫红色的冻疮,以及仿佛永远可以拧出水的被子和床单。在每一个土地般贫瘠的日子里,时间仿佛是静止的,日复一日,人们衣衫褴褛,无所事事,搬着板凳坐在院子里,追逐着稀薄的日光。

人们是被锁在大地上的奴隶,永远挣脱不开的贫穷、无知与愚昧,紧密相连。当外面的世界发生着翻天覆地的变化时,这里还保留着农耕时代的信仰和作息。

从回去的时候我就在想,一定要离开,一定要离开。

2014年的时候,离家已经整整五年,我如愿以偿,在新的城市慢慢扎根。

这五年,一共只回过家四次。

最近一次是去年六月份,带张先生回家,一切好似都没变,只是爸妈头上的白发多了几圈,柜子上多了许多新的药,治关节炎的、胃病的,各种各样,才知道我不在这几年,他们又添了许多新毛病。

爸妈带我们去新房子溜达,走到楼梯的时候,爸不经意地说了一句:"你妈三月份从这个楼梯上摔下来了,腿才好没多久。"

而我竟全然不知,忙问妈为什么电话里没有提起过。

妈淡淡地说:"告诉你有什么用呢?你也回不来,还要担心,耽误你找工作。"

我不知道该说些什么,眼泪"刷"地流了下来。第一次感到当初的决绝离开,于自己是破釜沉舟的告别,于父母却是字字戳心的伤疤。

在家待了两天,走的时候,我妈难过很久,眼眶红着,塞给我一包煮鸡蛋,说下一次回来不知道是什么时候。我豪气地回答她,现在交通这么发达,又不是从前了,哪有那么难。

然后我毕了业,才知道,真的难。

刚在社会上站稳的小孩,两手空空,一没有时间,二没有钱。

带张先生回去那次,费大力气请了七天假,来回路上走了四天,回到大连时卡上的钱便寥寥无几。

许多人嫁到外地几十年,有余钱,挤得出时间,然而回老家的日子亦屈指可数。说到底我们都是普通人,丈夫,孩子,新的生活,新的牵绊在身,始终无法自由自主。

当两个人开始试着背负起三个家庭的担子时,前行的脚步骤然沉重了许多。

方明白,爱与不爱,孝与不孝,都是知易行难。

不知道接下来数年,能陪在他们身边的日子,一共能有几天。现一晃,又一年。

张先生奶奶病重住院,几个姑姑昼夜服侍在侧,从早到晚,寻医问药,端茶送饭。几个月下来,人人瘦了一大圈。

我跟在一边,看到她们忙忙碌碌地给奶奶擦身换药、嘘寒问暖的情景,突然想,如果爸妈生病了,我却不能在陪侍身边,那谁来照顾他们呢?

想到这里,便觉得每个月按时的电话、定期的汇款、年节的礼物,这些都还远远不够。

疾病时相伴左右,孤单时相依取暖,于父母而言,晚年子女能在身边,是多么重要的事情。

"父母在,不远游,游必有方",到如今才懂这句古训。

年少的时候,把家当枷,当锁,恨不得立刻挣脱然后远走高飞,只为了奔赴前方未知的诱惑。每一次车站告别,路的尽头,面对爸妈留恋而不舍的目光,自己都是潇洒地摆摆手,冲他们说,不必送了。

不曾瞧见他们眼中有泪、心中带伤,却还强颜欢笑地送你前行,叫你不必牵挂。

等你看见了许多陌生的风景,认识许多新鲜的人,走过许多未曾走过的路,等他们不再是你生命的全部,等你在远方遇见了将与之共度一生的人,等你真的回不去了,才要为难起,世间安得双全法,不负双亲不负君。

只恨人无分身术,不能两处奔。

只怕树欲静而风不止,子欲养而亲不待。

只盼他们有足够的时间再等等,等我的翅膀有足够的力量,可以带他们一同飞翔的那一天。

(周文慧)

离散

我原以为,只有那炽热的才是爱。

用了这么多年,终于明白过来,

不直白,不张扬,不显山露水,同样是爱,

后者以更无法消解的方式,

烙在记忆的沟壑里。

读中学的时候开始住校，家里不放心，被规定要每天打电话报平安；大学以后，因为日程闲忙不定，不管平时打多打少，每周总会固定一天，给家里打电话。

"你妈不在，过半个小时打来吧。"

这人不是钟点工，也不是保姆，这是我爸。

离家多年，每次打电话，默认的剧情似乎只有两个角色——我跟我妈。而我爸，就是那个毫不关心剧情进展的局外人。

有次陪我妈逛街，见一个父亲带着十几岁的女儿买衣服，出谋划策，关怀备至。我当场脱口而出："我觉得我爸根本就不爱我。"

我妈脚步立时定住，一下拽住我手腕，镜片后的眼睛瞪得滚圆:"你可千万别在你爸面前这么说,他会伤心的!"

家里的厨房向来是我妈的战场,而我爸下班以后,就负责坐在沙发上,看看新闻,翻翻报纸。

早期,属于他的场景配置是一堆看过以后,铺得到处都是,懒得主动收拾的报页,外加不论何时都紧紧握在手里的电视遥控器;后来,报纸变成了书房里的台式电脑;近几年,台式电脑变成了平板电脑和智能手机。在这片他可以自得其乐的小世界里,旁边任何风吹草动,都不管不顾。他像客厅里众多家具中的一件,不言不语,但我跟妈都知道他在那儿。

我放学回家,也多半是先走进厨房看看今晚吃什么,跟我妈闲聊几句今天学校里发生的趣事,然后穿过客厅,礼节性地跟我爸问个好,就走进书房关上房门写作业。

似乎他从来不关心我在学校学了什么,跟同学关系怎样,不知道我在几班,班主任姓什么,有段时间,同事问他我到底念三年级还是四年级,他想了好一阵也没想出来。

大学以后,关于恋爱的事,他也从不过问,偶尔知晓的一些,都是因为我妈放不下心,在家里絮絮叨叨,偶尔几句,入了他的耳。

每到假期结束，学校开学，我妈都执意要送我。家里就一个孩子，我妈总习惯把我摆在极重要的位置，方方面面都照顾得妥当熨帖，即使到了大学也一样。而我爸则坐在他的小世界中心，毫不客气地厉声质问："这么大了，还要父母操心？"

无事时，随手翻开小时候的相册，发现不少相片里，都是跟我爸一同做着鬼脸玩闹的画面。尽管我早已不记得，但这些定格的证据让我一直怀疑他是否经历了命运的巨大转折，导致他变得如此寡言，捉摸不透。

某回不被他们看好的恋情，果真败在了男友劈腿上，当即觉得脸面尽失，千万不能把风声走漏给他俩。一天过去，茶不念，饭不想，日不能思，夜不能寐，终于坐在宿舍楼道里，鼓起勇气给我妈拨去电话。她接起来，刚讲出一声"喂"，我就肝肠寸断地号啕大哭。

当晚，电话又响起，来电是我妈："收拾好洗漱用品出来，我们在你宿舍楼下。"

"什么？"我急忙踩着小木凳，两步跨上阳台的水槽，站在边沿往下望。熟悉的车牌号，亮着红红的尾灯，跟我肿得像桃的眼睛一个样，靠在奄奄一息的路灯下。

重庆到成都，四百多公里，他们放下工作就一路奔波过来，快马加鞭。

自我上车，我爸就没吭声，我也不说话。

深夜的人民南路异常开阔，车辆极少，加速度带来的推背感让人松弛。那是一条贯穿成都的中轴线，笔直地伸向辽远的夜色，似乎可以一直开下去。夜风从打开的天窗漏下来，刮在脸上，像是刮着一只羽毛凌乱的鸟，疲惫而空虚，布满不知如何是好的惊惶。

我妈坐在副驾驶座偷偷给我发短信："来看你，都是你爸的主意。"

我枕着窗玻璃，目光涣散，听见轮胎与地面轻微的摩擦声，是那样深沉，隔着太多屏障，无法言说。

"没事，累了就回家。"爸握着方向盘，轻描淡写地说。

爸并不是不关心我，只是他不是情绪分担型，而是问题解决型。

当我写不好作文的时候，当我背不下来历史书上的年份、地名的时候，当我弹琴陷入瓶颈期没有进步的时候，他总是可以提出几个不错的应对方案。

为了提高作文水平，他拿着我的作文，一个字一个字地看，一句话一句话地改，揣摩着小学生的口吻。

他让我把历史书读一遍，录在磁带里，每天空闲的时候，搁在随身听里，像广播剧一样翻来覆去地听，听多了，枯燥的知识就像脱口而出的歌词，轻巧地记住了。

弹琴也是，那会儿我不过八九岁，对于乐曲情感的理解和演奏技巧的把握，都尚显薄弱。他想方设法将我弹的曲子录进音响，然后陪着我一遍一遍地回听，找出音符连缀里的瑕疵，在谱上细细做好标记。已近不惑之年的大男人，握着花里胡哨的儿童铅笔，侧着头，每一画都写得极认真，稳当当夹在五线谱的空行中间，一笔不长，一笔不短。

初三那年，他应单位派遣，要去日本做半年的访问学者。

其时，我成绩很不稳定，物理学得尤其吃力。临走之前，他主动请缨，去学校参加了一次家长会，并反常地留下来，向各科老师征询了我的情况。

开完家长会,人散了,他就站在教室外面的走廊,打电话叫我过去。那时我自知不够努力,理亏,站在他旁边,尴尬地用脚在地上来来回回踩着一些莫须有的东西。

做好了被劈头盖脸一顿责骂的心理准备,他却说:"我知道,你是一个有办法的人,可以学得很好。"

以为是根硬骨头,一口咬下去却是松软香甜的棉花糖,后面那些话,我一个字都没听进去,暗自发誓,一定要争口气。

不是陪着我哭哭啼啼地抱怨,而是训练我应对障碍的能力。总会迟早独自面对问题,实打实的本领,才能使我在脱离他的庇佑时,扛得住生活的高低起伏。

每次都说着这么大了,不送不送,结果还是在我妈的坚持之下,送到学校。

宿舍是六人间,洗澡还得去集体澡堂,自习室图书馆人多也杂。大四,为了准备保研,就从宿舍里搬出去,在校外的小区找了一套房子住。

转移了大包大包的东西,我跟我妈里里外外忙得不亦乐乎。我爸就在屋里,双手插兜走来走去,这瞧瞧,那瞅瞅,像是无事可做。

过一会儿,人影也不见了,不知跑去哪儿。"兴许是去楼下抽烟吧。"我妈说。

不出几分钟,我爸手里提着超市的购物袋回来了,里面是插线板、蟑螂药和洗衣机内缸清洁剂。

保研的日子越来越近,开局很不顺,转战了几所学校,情况都不乐观。因为心理压力太大,整夜整夜地做噩梦,早上起床恶心反胃,扶着马桶干呕。我妈看了直心疼,也不知该怎么办才好。

我爸二话不说,又是四百公里,开着车赶过来。

早料到即将来临的可能又是一场激情昂扬打鸡血的动员会,我瘫在床上,像只泄气的皮球,提不起半点儿兴致。

他一走进门,看我那猪肝色的脸:"不想保研考试就不去,大不了咱们找工作。没事,累了就回家。"

果然是我爸,对我知根知底,晓得我性子犟,别人说让我去做什么,我就偏不,给我台阶下,我就硬要迎难而上。

只剩最后一个机会了。"别看太重,随便去玩一把"。

考试的通知来得很突然,夜里十一点多的飞机到,第二天早上七点就得起床考试。看书看到凌晨两点,匆匆睡了四个小时,闹钟未响,就已经醒过来。

干燥的京城秋日,太阳出来得很早,亮晃晃的,穿着单衣薄裤就出门,外面却冷得像是另一个世界,夹起包就往教学楼跑,背上跑出一层毛毛汗。

颠簸又折腾,随手一试,十天之后,录取邮件"嘀嘀嘀"来了。

命运阴差阳错,不再怀抱任何希望,抛去负担放手一搏,往往好得令人震惊。

上了年纪的人大概都爱回顾革命血泪史,我妈一谈起我人生中种种难挨的关口,话里话外都是自夸。我爸就从旁听着,从不争宠邀功,但事实上,所有在我妈那儿解决不了的问题,最后都会转移给我爸,他才是游戏里的终极大BOSS。

近些日子,我决意要不顾一切地去国外白手起家。

我妈听罢,唉声叹气,好端端一个姑娘,就这么稀里糊涂抛却熟悉的一切,赴一个未卜的前途,怎么看都凶多吉少,搬起石头砸自己的脚。

家里照例召开了民主会议,听完我一番壮志凌云的高谈阔论,我妈那殷切的眼神妥妥地投向了我爸,寄希望于他灵光闪现,甩出几条像样又唬人的理由,把我从鬼迷心窍的状态里拯救出来。

我爸也不横加阻拦,不过是提出了一系列问题,而我竟取譬引喻,怎么都能自如应答。虽然不少问题我都认为回答得有条有理,他的眼神却暗示着,那不过是涉世未深的年轻人瞎扯一通的胡言乱语。

意见不合,中间有一段争执得格外厉害,双方气焰都很盛,屋里弥漫着浓重的火药味,比赛进入到了白热化阶段,胜负在此一举。我的斗志被全部点燃,每一个细胞都揭竿起义,句句话出口都威力十足,非把对方压下一头不可。反正未来无人能说清,谁振振有词气焰高涨似乎就占据着有利地势,我爸那边的风头,逐渐弱了下去。

那一刻,让我回想起电影的慢镜头,硝烟弥漫,黄沙漫天,年迈的将士,体恤着对面年轻气盛的小将,欲说还休。在思忖之后,缓慢地放下了手中的武器。

大概他根本没想到,从小听话懂事的我,此刻会与他针锋相对,互不相让。

蠢得要命的我,以为随即而来的是胜利,却在他的眼睛里,捕捉到了稍纵即逝的失望、无奈与讶异。

这双眼睛,年轻时曾拥有通过国家飞行员测试的完美视力,这几年,要戴着老花镜,才能看清报纸上的字了。

那一线讶异,像是由内力发出来的一记攻击,反过来,一下子刺痛了我。

十秒钟以前还被连珠炮一般的声音填得密密实实的房间,突然万籁俱寂。

他重重地将茶杯往台面上一搁,仰头往椅子后背靠去,双手环抱住后脑勺,目光没再看向我。"以前不管你出了多大的岔子,爸妈能替你顶着。现在,你大了,爸妈老了,能力也一年不及一年。只怕你这一去,讨了个最坏的结果,一无所有地回来,连我们都只能眼睁睁看着,无能为力啊"。

谁也没赢过谁,剩下的全是悲哀。

我担心的是,自己永远被困在规规矩矩的范式之内,年龄一天大过一天,直到再也跨不出去,束手就擒。爸沮丧的则是,那些他用来保护我的条条框框,被我一手掀翻,折断在地,不但不认可这种袒护,还把它看作可恶的绊脚石。而那些框框,在过去的二十多年里,一直是我行走在路上的向导。

在我二十四岁这一年,千山万水横亘在我们之间,挡住彼此的去路。他已经与人生的黄金时代渐行渐远,英雄迟暮,一切都在走下坡路,没了去闯天下的心,也掀不起什么风浪。他真正在意的就是我,自己的女儿,而这个姑娘正无可避免地成为独立的个体。相反,那个曾在幼小的女孩儿心中强大到无所不能的父亲正在退出历史的舞台,像是个多余的人。他还无法接受,我应当独自承担生活的一切热烈与荒唐的真相。

世道艰辛,他是这样过来的,受过的苦,承担的教训,丰富的经验让他一眼看穿九死一生。历史从不重复,每个人表面的剧情天差地别,抽丝剥茧之后,中心思想主旨大意又何其乏味,都是苦难多过幸福,煎熬多过欢愉。

只可惜,我们都充分地怜惜着自己的想法,成全不了对方。

自那以后,一旦提及我的打算,家里的气氛便相当凝重,而我也总提心吊胆，他们会冷不丁地再一次对我动之以情、晓之以理。

毕竟，这是我难以改变的脾性，一旦决定去做什么，赴汤蹈火也在所不辞，即使最后头破血流回来，印证了他们当初的预言，也是后话。

因为话题的禁忌，待在家里，总感觉不自在，所以临时决定提早返京。

前一天晚上，我妈刚好有事，嘱咐我负责料理我跟我爸的晚餐。临到饭点，我爸竟默默走进了厨房。

这些年，他倒也不是没进过厨房，只是下厨的次数屈指可数，总是万不得已才为之。做过的菜就那几道——番茄炒鸡蛋、醋熘土豆丝、蒜蓉丝瓜，都是标准的学院派，食材简单，做法便易，男女老少皆宜。就这区区几道菜，竟然也成了他每每提起都忍不住王婆卖瓜的代表作。

的确，在别处，我也没再吃到过口味甜咸如此完美契合的番茄炒鸡蛋，也没再见识过一个几乎不下厨的人却能在短时间内切出刀工如此精湛的土豆丝，也没想到，他能把我小时候最不喜欢的蒜融在青绿的丝瓜里，味道好得像坐上高空热气球。

那顿饭，十分钟，我俩还没怎么说话，就吃完了。

也许是没什么好说，也许是不知还能说什么。

但咀嚼之间，我吃出了他融在这一蔬一饭中的深意。

这一走，一路必定少不了早作夜息、栉风沐雨。而他所能做的，不过是让那残忍、冷酷的现实来得更晚一些，至少吃下这顿饱饭，能多几分力气，去与那些可预计与不可预计的繁难抗衡。

爸像个洋葱人，总让我觉得覆盖着很多层外壳，但耐起性子来，一直剥一直剥，剥到最里头，眼泪早就一汪一汪地流下来。

隔天去机场的路上，遇到道路施工，掐好的时间最后赶得很紧，没来得及跟他们好好道别，我就狂奔着，冲向了值机柜台。

起飞前，想起那轮莽撞的唇枪舌剑，怕是真伤了他的心了。想说句对不起，哪怕是发条短信也好，但话到了喉头，字输入了对话框，就怎么都上不去，怎么也摁不下"发送"键。

哭了一路，哭累了就蒙蒙眬眬地睡着，醒来已经到北京。

飞机落地，舱门打开。我一个人走下飞机，提着巨大的行李，走出机场。

从四百公里到两千公里,爸再也不能开着车,风雨兼程地赶过来了。

每次给家里打电话,都是我妈应答,就算他就坐在旁边,也很少主动跟我说上两句。不管我这边如何起伏波折,他都用无尽的沉默来回应。

脱口而出的尖刻发泄,纵如疾风骤雨,终会雨过放晴,但能说出来的,都不是深处的激荡。最辗转压抑的痛苦是怎么也说不出口的,看起来风平浪静,实则暗流汹涌。

电视里放《中国好声音》的时候,我爸期期不错过,有个从新疆来的男人,他很喜欢。嗓子不嘹亮,不放肆,每回情到浓处,极尽喑哑,歌声在那个快要冲破的临界点又被压制下去,回环往复,万分挣扎又不衰竭,很是动人。

可我太年轻,还不太欣赏得来这种好。

他跟我妈给予的,像是两条不同河流里淌着的水,一个感性、一个理性,一个热络、一个冰冷,一个给盔甲、一个给武器。

我原以为，只有那炽热的才是爱。用了这么多年，终于明白过来，不直白，不张扬，不显山露水，同样是爱，后者以更无法消解的方式，烙在记忆的沟壑里。

他对我似乎总是无话可说，也不关心在我身上发生的日常，但屡屡到了紧要的决策关头，对我的了解又那么一针见血，像是暗中派了侦探跟踪，把底细盘查得一清二楚。

后来，我注意到，为什么发的同一条微博，我妈的账号会来点两次赞。

她说："没有啊，我只摁了一次。"

难道她年纪轻轻就得了健忘症？见鬼。

回到家我才恍然大悟，我爸的iPad上登录的是我妈的账号，他发现那儿可以看到我的最新消息，就默默潜伏着，从信息的洪流里挑拣出我的只言片语。

每次回家，提前发短信问他："能来机场接吗？"

他定会回复："明日有事，自己坐地铁回来。"

我不抱希望地走出大厅，又总能看见他从等待的人群中冒出来，接过我手中的行李，默然不语地往停车场疾步走去，仿佛完全忘记拒绝过我的请求。

就像我每一次逞强，若是结局不尽如人意，他也不会多加指责，只漫不经心地说一句："没事，累了就回家。"

一再地在表面忽视我，却又在心底，一刻不停地在意着我。

这大概是最不怕失散的一种爱，才敢爱得如此洒脱吧。只管遥远地眺望，不事近处的关照。或者，是最害怕失散的一种爱，才会如此进退两难、亲疏交加，不因太近而造成窒息般的负担，也不因太远而疏远离间。

他并非打算置身事外，却始终保持高度的自觉，有亲历者的切身悲喜，也有旁观者的冷静视角。也许他早已参透，我们终将离开彼此，像胚胎脱离母体，像铁轨上呼啸而过的，两列渐行渐远的火车，于是，无限贴近，最终止于亲昵。

（羊乃书）

妈妈的名牌

像我妈这样的女人,

无论这辈子有钱没钱,得意失意,

终究也还是感情最大。

无论在外面有多风光,最终也还是得要一盏家灯,

几口人坐在沙发前,聊聊新闻,谈谈人生。

元旦快零点的时候,全世界都在总结展望和祝福。

我和好友收拾残羹碗筷时老妈发来一条信息。

"祝你在新的一年里事业顺利,爱情饱满。"

我回道:"妈啊,您儿媳妇还没着落呢,哪来的饱满啊?"

老妈回:"就快来了,你再等等。"

我对着屏幕傻笑了好久。

妈妈年轻的时候,是个非常漂亮的女人,骨子里典型的中国传统式贤妻性格。在她看来,洗衣做饭,相夫教子,就是毕生最好的事业与归宿。现在看妈妈年轻时的照片，皮肤白，气质温婉，说是那个时代精致女人的标准，一点不为过。

我父亲算是个有才华的人，年轻时仗着长得好看，和不少姑娘看电影谈恋爱，经朋友介绍只见了我妈一面，就嚷着要提亲了。听我妈说，除了她，我爸真的没对哪个女人那么用心过，两个人很快就坠入爱河。爸爸又仰仗着三寸不烂之舌，在姥姥面前表决心，终于娶到了我贤良淑德的妈妈。

婚后过了很长一段时间特别舒心的日子，奈何我爸爸性子急，脾气也差，一言不合便拔刀相向，眼里也容不得沙子，在体制内工作时四处碰壁，仕途不得意，回家也经常和妈妈吵架。

小学每一次放学回家到门口时，我就会先下意识地趴在门上听，如果听见里面有争吵，就会马上夺路而逃。我跑去球场或者公园，玩到很晚才回家，浑身泥泞汗味浓重。到家后刚好赶上他们吵完，带着彼此给的怨气，再来个训斥我的下半场，有时男子单打，有时也男女混双。有很长一段时间，爸爸的生活都浑浑噩噩，饮酒赌博，彻夜不归，家里经常是只有我和满脸倦容的妈妈。记忆里，小学的每一个黄昏都模糊黏稠，每晚归家的路都阴暗潮湿。

那时我一天比一天自卑，一天比一天觉得自己多余。春游后老师带着学生和家长一起拍合影，我一个人靠在最旁边的位置，干净的校服透着一股无奈的羸弱。班上和我最好的同学特别难过地和我说，他的爸爸、妈妈要离婚了，我并没有给他任何安慰，反倒羡慕起来，想着要是我的爸爸、妈妈也离婚那该多好，要是我的家里再也没有争吵，那该多好。

我永远不要吵架，也永远不要结婚。

十岁的我把这句话写进了日记本，妈妈看见后拿着本子坐在沙发上愣出了神。

我刚上初中的时候，有一次爸妈吵得特别凶，互相都说了要离的狠话。两个人较上劲谁也不肯先低头，妈妈一气之下，约了几个关系好的同事出去散心。从长春到大连，再坐船到威海和青岛。现在看妈妈绝对是那个时代文艺中青的典范，已身为人母的她，经历过一场奋不顾身的爱情，多年以后，还能再来一次说走就走的旅行。

妈妈不在的日子，我有种被人放弃的感觉。那段时间我异常消沉，偷化学老师的酒精灯烤土豆，用足球砸校长室的玻璃，晚上放学载着女同学在城市里闲逛。

像是报复她的突然离开,像是用自暴自弃来缓解被放逐的难过。

从这种突如其来的自由中,我找不到丝毫的快乐。

这样浑浑噩噩过了差不多一个月,有一天放学,我骑车载一个和我顺路的女孩。在我回家必经的十字路口处,我看见了旅行归来的妈妈。我扫了她一眼并没有停下车,而是径直地骑了过去,把女孩送回家以后才慢慢悠悠骑回家。

直到现在,我始终记得路口处妈妈看我的那个眼神,诧异中带着些许失望的黯淡。随后的一路,女孩和我说话我一直都心不在焉,感觉骑车踩下的每一脚也都是虚无。

到家后,妈妈没有问我关于女孩的任何问题。尽管心虚,我还是憋了很多气话,计划着等她开口问我,我就告诉她我早恋了,即使并不是那么回事。

可是自始至终,妈妈都没有问过。日子又回归了往常,妈妈还是早上起来为我准备牛奶、煎蛋,晚上静静地坐在茶几旁边陪我温书。我突然意识到我是那么喜欢有妈妈在的家。

它干净通透,空气清新,每一件衣服洗完叠好摆在衣柜里都安静整洁,每天不重复做一样的菜,咸淡适宜,辛辣可口,说话既不唠叨也不琐碎,我不听话时她也能张口就骂。

高中时谈恋爱被老师找家长,妈妈在学校的球场边和我谈话。我大言不惭地说要把她娶回家,妈妈没有气急败坏地责骂我,而是义正词严地问我有没有做好成为一个丈夫的准备。我说就算不念书也可以打工养家,反正这书我也念不下去了。

妈妈站起来眼里全是泪,说:"你可以不在意你的人生,但是不能不在意别人的。你要是真喜欢她,你去问问她你这么做她会高兴吗?如果有一天,你有能力成为一个丈夫的时候,你能理解责任这两个字的时候,我才能真正放心你去建立自己的家庭,这样不伤害自己,也不伤害别人。"

说完这番话妈妈转身就走了,看着她离开的背影,我忽然想起初中妈妈站在十字路口的那个夜晚。晚风吹起她凌乱的发,纷繁中我看见的不是愤怒,不是难过,我猜想那个眼神里含着的,是不是放不下心的丝丝牵挂,是不是对回头是岸的翘首以盼。

再后来上大学时,我经历了一次将人压倒般的失恋,整个人终日萎靡,状如行尸。放假回家后每天都窝在房间里,不出门也不说话。老两口变换着方式想从我嘴里套出个所以然,始终也没得逞。

晚上老妈钻到我屋里，坐在我旁边撩闲，坏坏地问我怎么不和女孩子发信息啊。

我说分手了，老妈顿了顿问："因为什么啊？"

我把两个人在一起相处时自己的卑微都告诉了她。我讲我是如何在寒冬的宿舍楼下等她几十分钟，只是舍不得她走五十米去打热水。我讲我是如何兼职赚钱节衣缩食，只为了带她吃遍城市的美食。我讲我是如何把她照顾得无微不至。我讲我爱她爱得太用力了，以致握紧了的两只手有一只已经松开，我都没注意。

我讲这一份爱情里我是如何完败，如何把自己一次次放低，又如何输得一败涂地。

妈妈听得特别安静，以致我以为她已经睡着了，我也不过只是说给自己听。说到哽咽时，我就停了下来。

妈妈突然长舒了一口气说："一份爱情两个人相处，很难每时每刻都照顾到对方的感受，就像跷跷板根本做不到平起平坐这种事，有时候你忙活了一通好不容易让自己的地位变高了，别人不玩了你就又掉了下来。过了好久你才明白,好的爱情里本没有高低,最高的永远是中间最平衡的那一块区域,需要两个人爱得不分伯仲也相差无几,一同上下也一起努力。"

我听完这些话,吓得翻身就问:"妈,我不在家您都看了些什么啊?这话您从哪儿学来的啊?"

老妈淡然一笑,随后说:"不过,我还真挺高兴的。"

我问:"哎哟,我的母后,您是因为什么高兴呢?"

妈妈仰了仰头说:"从小到大,你和女孩子的事我从来都不多管,我真怕我和你爸吵的那些年,你会对爱这个字产生误解,怕你受我们影响,厌恶爱情,也厌恶婚姻。今天听你说你是怎样认真地爱一个姑娘,我挺高兴的,真的。"

我这才明白原来妈妈这些年的放任,一直是在维护爱情在我心目中的形象,她担心她和爸爸的错误会影响到我对爱情起初的判断。她把我儿时的一句戏言牢牢记在心里,一直小心翼翼地照看着儿子爱情观的成长,她怕在我成长的过程中有多余一点点的干涉与用力,都会将爱情在我心目中本来已经不堪的形象,彻底揉碎。

我妈那个年代的人娱乐匮乏,听音乐也就那么几个面熟的人,阎维文老师算得上是我妈的半个男神,再加上听说阎维文老师经常露面赶演出,是为了给自己罹患癌症的妻子赚钱治病,这一举动更增加了他在我妈心目中的分量。有一次阎老师上艺术人生,朱军惯用老套路,和阎老师聊完他与妻子的往昔之后,让他面对镜头和妻子说几句话。阎老师特别含蓄,对着摄像机几次欲言又止,最后只说了六个字:

"下辈子,还是你。"

阎老师说完把脸转到后面,我看见妈妈的眼里闪着晶莹剔透的光。

像我妈这样的女人,无论这辈子有钱没钱,得意失意,终究也还是感情最大。无论在外面有多风光,最终也还是得要一盏家灯,几口人坐在沙发前,聊聊新闻,谈谈人生。

在我妈妈眼里,爱情永远是绝顶的好东西,她从来不会把自己的遭遇放大成对世俗的偏见,她自始至终都认为人应该为感情而活,为挚爱的人而活。好笑的事要一起笑,赚钱了全家花,一锅饭菜要配几副碗筷,才是这人间最极致的享受,最美好的情怀。

所以她想让我尽情享受爱情带来的酸甜苦辣，她想让我爱得真真真切切，也有血有肉。

她一直期待她的儿子能成为一个好丈夫、好父亲。她希望我能长成她心目中好男人的标准模样。

所以她才在我青春年少懵懂无知的时候问过我那一句："你做好成为一个丈夫的准备了吗？"

从大学那次失恋逃离以后，我把爱一个人的时间拿出来，写字画画，旅行工作，直到大学毕业我也一直没再谈恋爱。

毕业典礼前几天我在家，妈妈从书桌的抽屉里拿出一对新买的精钢情侣表，送到我手中说："一块给你，一块你给最心爱的女人。"

我把表分别戴在了爸爸、妈妈的手上说："我最爱的女人就在这儿呢。"

妈妈笑得眼睛眯成一条缝说："你啥时候能再找个女友给我看看？"

我说："别急啊，老是催我，我可不保证质量啊。"

老妈说:"我不是急,你和你爸一个样,有些事认准了就不回头,我就怕你还是放不下以前的事,一个人打单儿习惯了,麻木了,那就糟了。"

我撇撇嘴想,要全身心投入地再爱一个人,哪有那么容易?

老妈见我面露不悦,低声问:"还想谈恋爱不?"

我说:"想,但不是现在。"

妈妈像是心里的一块石头落了地,长舒一口气说:"想就好。"

那时我实在不理解妈妈买那对手表的心意。

后来我的一个哥们失恋,叫我陪他喝酒解闷,我已经做好将醉如烂泥的他背回家的心理准备。可是我们只是面对面喝了两瓶啤酒,聊了聊工作和以后。

我知道他不是善于伪装的人,也不是喜欢深夜自怜或独自哀号,可在他脸上我看不出丝毫的伤心与难过。我发现再也没有一场爱情,可以将他死死地按在案板上任意宰割。此时的他无比强大,也无比悲哀。

什么是爱情里的麻木，就是你把相信缘分的时间拿出来，开始相信命运。我这才明白，妈妈是怕我变成他，怕闹到最后，落得看破红尘，心如剃发。有些感情像是慢性毒药，劫后余生残存于记忆，怎么也不肯放过你，老妈费尽心机也不过是担心我一直养在疗伤的潜意识里，不能放开手，好好地爱别人，好好地爱自己。

去年春节回家，一下出租车就看见老爸和老妈手牵着手，一起站在小区门口并排对我笑。这是我儿时曾梦想过的画面，那一瞬，我竟有在梦中的错觉。

回家后，我发现他们之间的对话也开始有一种叫温和的古怪味道，还学会了互相夹菜这种"残暴"的技能，而那一筷子一筷子的菜，却刚刚好放进了我的心窝，仿佛填饱了整个童年的饥饿。我头一次因为感到自己的多余，而激动万分。

我终于可以想象多年以后，我的孩子已经开始调皮，会骑在爷爷、奶奶的脖子上撒泼时，他们不会再当着孙子、孙女的面儿吵；他们也会在我要动粗教育孩子时，团结起来任性地挡住我；父亲终于放下脾气，愿意心平气和地教给我一些人生经验，母亲会和我的妻子聊我儿时的调皮和照顾孩子的技巧；他们也会像其他的老夫老妻一样，跳健身操，打小麻将。

我终于可以像其他人一样,拥有了那个在我心目中期盼已久的、光芒万丈的平凡家庭。

在岁月长河的撑渡中,妈妈用最朴素的陪伴,包容两个男人的狭隘,照顾他们的起居。她终于熬出了头,她看见了丈夫和儿子与她心目中向往的样子越来越像。她终于不用活得那么坚韧,可以真正地像多数活在男人臂弯下的女人一样,有坚实而饱满的安全感。

今年我参加了不少同学的婚礼,茶余饭后总是聊天的话题。

老妈习惯性地盯着问:"你那么多同学结婚,你到底急不急?邻居家的闺女说什么宁缺毋滥,你是太挑了还是真没人要啊?你到底喜欢什么样的?"

我笑着敷衍:"老妈,您不知道啊,其实说宁缺毋滥的都是虚张声势,私下里都在四处观望、暗自着急。"

我也急,我急我暖好的被窝还没人同睡,见到的美景无人共享。可是这个时代许多的人都在要,要男人有钱、踏实又专一,要女人贤惠、懂事、好手艺。她们嫁存折、嫁权势,就是不嫁男人;他们娶胸、娶屁股,就是不娶真正的情义。

看着他们的明码标价我一退再退,这样的爱情我当真消受不起。所以啊,急也没办法,载载光阴已逝,也不怕再多等几个春秋。生活不是泡沫剧,爱情不过是你来我往两个人的游戏,我愿意多等等我那个迷了路的猪一样的队友,等她在下班高峰的人潮人海中,一眼就认出我,等她贴近我的胸膛,辨识我的味道,数着我的心跳。

去年在香港太平山下休息时,遇见一对花甲夫妇,老爷爷给老奶奶一边揉腿一边说:"年轻时候就不听我话,那时候让你多穿你不穿,要不这腿能总疼吗?"老奶奶一脸得意地说:"甭说年轻时候,就算现在和以后,我也不打算听。"

老爷爷没好气地说:"不听拉倒,反正也没剩下多少日子了,这辈子就这样了。"

揉着揉着,我们仨都笑了。

我呀,这辈子就求这么个人,我随便说了一件事,她也能整天挂在嘴边念叨。有时候觉得爱这个字太简单,形容不了我和她之前的感情。

我就盼着我们俩的脑袋变成两团棉花,每天都腻在一起,不情愿彼此也离不开,摇摇欲坠、晃晃悠悠,走着走着我们的头发就越来越少,像两株蒲公英,被风一吹就显得凌乱不堪。我唯一能报答她的,就是接住她掉下来的每颗牙齿,收集她头发上的每一丝年华白,再好好锻炼身体,争取晚她一步从这个世界离开。

前几天妈妈打电话说,爸爸觉得以前很少陪她逛街,要好好弥补,元旦放假整整逛了两天的街,买了好多东西,花了好多钱,说着又感叹道:"果然是到岁数了,现在这好衣服能撑起来的系不上扣,能系上扣的又撑不起来。"

言语中的无奈也透着若有似无的炫耀和甜蜜。

我说:"妈,您重点不是要说身材这件事吧?"

妈妈笑了笑,突然问道:"儿子啊,我是不是一件名牌都没给你买过啊?"

我说:"买过啊,你忘了吗?"

妈妈说:"买过吗?不记得了啊,买的什么啊?"

亲爱的妈妈,那件人们动不动就说再也不相信的名牌,那件人们惧怕又不断尝试的名牌,那件您用多年时间一直努力维护的名牌,它一直完好无损地保存在我心里。无论经受怎样的考验和洗礼,无论岁月载着我翻阅多少山脉,我都对它一直有憧憬,也一直有期待。哪怕有失去,或者受伤害。也一直坚定不移地相信您,相信姑娘,也相信爱。

(刘墨闻)

有父如此,
女复何求

是他们让我深信,

爱若细水长流,

岁月自有深意。

1 ///

我出生的时候他二十八岁,婴儿时候的我很胖,脸蛋、胳膊和腿都无一例外的滚圆。我想象不出那么瘦的他抱我时是什么样子,家里居然没有一张一岁前的我与他的合影。

但是我看过我出生前他与妈妈在泰山山顶拍的照片。剧烈的山风吹过头发,他戴着黑色边框的眼镜,微微地笑着,细长的手指交握着扣在膝盖上,像一个文弱的书生,难免让人想起柏桦的诗:"小竹楼,白衬衫,你是不是正当年?"他是那个时代的文艺青年,从小给我唱的歌都是20世纪80年代的校园民谣,既能将一手楷书写得端正有力,也能在下班后的晚上端坐在书桌前读一本欧·亨利的小说集。直到现在,我给他讲我读的书,他也能从谍战剧和警匪片中抽身,听得津津有味。

彼时他还是中学老师,能写一黑板的漂亮板书,然后轻轻地拂掉落在衣袖上的粉笔屑。他数理化样样精通,可惜这些天赋都没有遗传给我。我初中的化学老师当年也是他的化学老师,他毕业之后回校教书,他们便成了同事。初三刚开了化学课,我拿着不及格的试卷战战兢兢地站在办公室里等着挨训,那位胡子已经略白的化学老师摘下老花镜,恨铁不成钢地摇头叹气:"你说说,你爸爸的化学这么好,你怎么就……唉……"

我能记得三岁时被奶奶牵着走街串巷拉家常,也记得坐在妈妈教书的小学教室里被一群哥哥、姐姐围着看,但关于他最早的记忆却莫名其妙地模糊,虽然总是他陪伴我的时间最多。

最早的记忆来自四岁夏天的一个傍晚,我们爬上奶奶家的房顶看夕阳。他问我要不要去上幼儿园,我说好。初秋幼儿园开学了,他骑自行车送我,一直路过苍翠的田野和安静的村庄。

第一天上学,我一改之前说好的"听话",他一走我就放声大哭。他无奈,只好在窗外站了一天陪我,直等到教室朝西的灰木窗框被傍晚的斜阳照成柔粉色。

第二天,他一走我还是哭,于是他只好指着停在院子里的自行车跟我商量:"我站着太累了,去你们老师办公室坐着吧,我保证不走，你看我自行车在这儿呢。自行车在这儿我走不了，对吧？"我想了想，答应了，上课的时候一直监视着那辆自行车。后来我才知道，虽然自行车一直放在那里，但他却偷偷地溜走坐了公交车去上班。不小心说出真相的时候，他不顾我的愤怒，幸灾乐祸地笑我："小孩子真好骗啊。"

妹妹出生之后，妈妈常常走不开，所以总是他接我放学。有时候他下班晚了，我只好坐在幼儿园门口高大的梧桐树下等他。北方小镇的街道，车辆路过时会有尘土在阳光投射下的光影里飞扬。旁边有白发的老奶奶摆摊卖凉粉，还有灰色的鸽子拍着翅膀飞过天空。我把脚边的小石子踢来踢去，把所有路过的蚂蚁数了一遍，才看到他骑着那辆老式的黑色自行车，按着铃铛来了。

他给了我最好的童年时光。给我买足球鞋，在少年宫的小操场上教我踢足球。也帮我选连衣裙和绣着粉红色花朵的小皮鞋，还有琴键雪白的电子琴。春天带我去看漫山桃花，走过长长的田垄找一大片空地放风筝。夏天去看荷田，我顶着一片荷叶坐在水塘边，光脚在水里晃来晃去，被突然跳出来的小青蛙吓一跳，溅一身的水花，然后两个人一起哈哈大笑。秋天来了，他每天早晨把我一头睡得凌乱的短发梳得整整齐齐，系上围巾之后再走远几步左右端详一番，满意地笑一下，然后看我出门上学。

作文也是他教的。小学时准备"国旗下讲话",我很早就会写"是他们抛头颅,洒热血,换来了飘扬在共和国上空的鲜红旗帜"。上大学交思想品德课的作业,还是这样写,被他嘲笑"居然没有一点进步"。

他没遗传给我理科天赋,初中开始学物理、化学之后,我渐渐读得吃力,又因为上学早,一夜之间便告别了原本无忧无虑的时光,不快乐的样子越来越多。有一次期中考试之后开家长会,班主任给家长们布置了个"作业",给自己的孩子写封信。就我所知,很多同学的家长都没有写。但是他很认真地写了,还仔细地用信封封好交给我。几页白纸上,他详细地分析了我的各科试卷与成绩,还罗列了一条一条的意见与建议。那封信我用了很久才看完,差点看出了眼泪,暗暗地发誓总有一天要让他为我骄傲。后来陆续几次搬家,已经再也找不到那几页稿纸,可是我记得他端正的楷书和笔尖透入纸张的期望。

我的叛逆期来得晚,但也几乎持续了整个高中。学习压力大,加上经常生病吃药,戾气十足,和他的交流日益变少。每一天深夜的晚自习放学之后,他像往常一样接我回家,在深而幽长的小巷里只用踢踢踏踏的足音陪着我度过沉默灰色的青春。

那漫长的几年,我只顾着沉浸在自己伤春悲秋的世界里,竟从未理解过他终于看着我长大却数年无话可说的无限寂寞。直到上大学的某一天,他到学校看我。已临隆冬,冷风肆虐地钻进脖子,我挽着他的胳膊在陌生的街道上慢慢地走。想起二十年里他陪我走过的路,从故乡熟悉的大街小巷到异地他乡起风的街头。我的脚步从蹒跚变得稳健,他的脚步却从急促变得缓慢。是他将所有深沉的爱意都注入了我不断变大的脚印里,而我的每一步成长都化作皱纹刻上他的面庞。

2 ///

研究生开学报到的那天,我本想独自前去,可他还是坚持要送我。学校不大,为了维持交通秩序,只允许新生家长们将车开到停车场。停车场距离宿舍楼还是有段路的。更要命的是,我的行李事无巨细到囊括了暖瓶、洗脸盆和洗衣粉,还有一大袋又厚又重的书。

来回好几趟,他快步地走在我的前面,沉重的行李让他本来就瘦弱的脊背显得更为瘦弱。那一瞬间,我想起了初一学过的课文《背影》。当时的我一读到那句"我看见他戴着黑布小帽,穿着黑布大马褂,深青布棉袍,蹒跚地走到铁道边"就想笑。他问我为什么想笑啊,我说,怎么会有人戴"黑布小帽"呢。

可是那天,我看着他的背影,突然和朱自清先生一样满眼是泪。小时候的我，一定想不到未来会有这样的一天。这一天，我终于长大了，不再需要他给我讲数学题、物理题、化学题，也不再需要他在每天的晚自习后踩着路灯的光接我回家，甚至不再需要他听我讲为什么觉得"黑布小帽"好笑。我像他期望的那样，走向了一个更大、更远的世界，他虽有无限留恋不舍，却从未因此而束缚或影响我的选择。

他的足音仍然寂寞，他的注视仍然沉默，日复一日在原地等我荣光之后一个开心的回眸。可荣光那么少，连带着回眸也变得淡而薄，他就在这样一天又一天的等待中老去了，从无怨言。

所以这几年来我的泪点越来越低，想到他给我写过的信会鼻子微酸，想写一篇关于他的文章时，还没打开一页空白的文档眼泪就已快要倾盆。

后来我恍然想起，小时候我曾拔过三颗牙齿。前两次我独自去家附近的小医院，不哭不闹，勇敢异常，惹来医生一顿夸赞。可第三次他陪我一起去，医生的麻醉针还没打下来我便开始放声大哭。医生无奈地看着他说："前两次都没哭，这次肯定是看着你在才哭的。"

自十六岁离家外出读书，我独自跟世界厮杀时从无畏惧，深夜里的泪痕从不留到黎明。是因为我知道无论走得多远，还是能在脆弱至极的那一刻，卸下所有在陌生人面前佯装镇定的伪装与紧锣密鼓的狼狈，走到他面前放声大哭。

尽管我长大了，再不会用哭泣来换他的忧虑不安，但我全部的心安与镇静皆源于深知他爱我。那原是我最牢固的后盾和最温暖的港湾啊。

也是走过如此漫长的道路之后，我才知道，他之于我，不仅是父爱如山的恩重情深，还在于他至为珍贵的品质潜移默化地影响了我的人生。

3 ///

他是真正的君子。谨言慎行，从不妄言，凡事讲理，甚少怨怼。不知是不是因为在孔孟故里出生、长大、老去的缘故，他和妈妈血液里汩汩流动的全是儒家温良恭俭让的克制。有时候，我甚至觉得，他们在某种意义上超越了人类自私的本性。于他们而言，善良不像是一种品格，更像是一种生活方式。以致我看到亦舒写"有些人连吃一只苹果也扰攘半日，盼望世人赞赏他张嘴的姿势曼妙。有些人在荒漠艰辛掘井，第一口水先捧给更有需要的人喝"，立刻想起他们，想起他们时刻心怀的善意。

在我的记忆里他和妈妈几乎从未争吵过。两个人都是第一次相亲，没有一见钟情的浪漫，也没有倒追苦追险些私奔的虐恋，觉得合适很快就订婚结婚了。

事实也证明，他们确实合适。合适得就像偶像剧或网络言情小说里的惯用桥段，比如袁湘琴和江直树，比如赵默笙和何以琛，对，就是糊涂单纯女和深沉心机男。

妈妈直到现在还是个特别迷糊的人。我上幼儿园她给我整理书包，不是落书本就是落水杯。我长大之后更是见证了她老人家的"不长心"。出门老不带手机，水电费的缴款单丢在路上，短信看过一眼瞬间就忘记。而他的特长就是纵容妈妈无限地迷糊下去。

有一次，妈妈的表哥出了车祸，情况紧急。由于爸爸的单位离急救医院最近，所以他第一时间赶去了医院，结果表哥不治身亡。回家之后，他表情一切如常地换衣、洗脸，除了没怎么说话，仍然吃饭，仿佛什么都没有发生。饭吃到一半表姐打来电话商议出席葬礼的事情，妈妈一阵惊愕，挂了电话之后哭着问他回来为什么不告诉她消息。他只静静地说了一句："我本来想等你吃完饭再告诉你的，怕你听了之后吃不下这顿饭。"

我一直记得那个傍晚。在世界带着它的凄风冷雨迎面而来时，他不能阻挡她被淋湿和伤害，只能让那伤害来得晚一点，再晚一点。至少，让她吃完那顿饭，好有力气去对付外面的刀光剑影。

他就是这样，保卫了我妈妈几乎与世无争的单纯。也让我知道这世间原没什么更好的人和更好的爱，最好的爱情也不过是懂得、相守和陪伴。

他并不用他沉默的深情来邀功，她也不用她日日不安的挂念来做过多的索取。她不擅长做饭，他甘之如饴。他固守清贫，她自得其乐。

是他们的无限温柔给了我最好的一个家，以致"家"这个概念每每在我的脑海里浮现，都像我家旧时阳台上顺着竹竿慢慢攀爬的五角星花一样，枝叶柔软，花朵鲜艳。远处白云翻卷，近处蔷薇的香气轻轻地飘过来，一派柴米油盐的热闹中自有安宁与静谧。

是他们让我深信，爱若细水长流，岁月自有深意。

4 ///

现在他老了，生活愈发素淡和静。原本从不抽烟喝酒，但偶尔家宴，他小酌几杯，话会不经意地多起来，耐心地哄表姐们的孩子玩，学不同动物的口吻给他们念童话书。但仍然不絮叨，也不说黏稠的话，在我临走前问一句"怎么，这就在家待够了啊"，几乎是他能说出的最深刻的挽留。

我有时写不出东西来，只跟他倾诉，为求灵感缠着他讲故事。他想一会儿，开始讲他的同学、同事，讲他打马而过的半生烟云。他是最会讲故事的人，起承转合，字字珠玑，每每几乎让我想要录音。

写了一些心灵鸡汤之后，很多小朋友给我写信，我有时不知道该怎么回，告诉他，他说："你不要隔岸观火，要设身处地。"所以我大概知道了为何他总得人人交口称赞，是因为他少年时极度贫困，勉强支撑着读到大学，他比谁都能体会那些苦难的内涵。是因为他总设身处地，去谅解他人的焦灼、尴尬与有苦难言的境遇，别人不说他从不多问，别人说了他尽最大能力给予开导和鼓励。

有时在网络上看到一些人恶语相向，我觉得委屈。他知道后给我发了一条特别长的短信："既然站在了高台之上，就不能只承受仰视。有人给你注目礼，就有人给你丢鞋子。当你在人群里默默无闻的时候，当然没人骂你，因为根本就没有人能看得到你。但是你一旦选择了走过人群站到高台上，既给了被众人看到的机会，也给了他们评判你的权利。所以，你要想享受注视，就要学会漠视敌对。"他是让我正视善意的批评,也让我宽谅无谓的恶意。

这两年,他总催促我读《论语》,他几乎将《论语》当成晨报一样每日必读。我入职前,他特意将孔子答子张的一段话抄给我:"多闻阙疑,慎言其余,则寡尤;多见阙殆,慎行其余,则寡悔。"从小至大,他始终是我最信赖的朋友和最得力的导师。小时候帮我改作文,陪我练演讲稿,老师们都觉得棘手的难题他总能迎刃而解。长大后帮我修改简历,面试前一遍一遍地听我做自我介绍。但凡我向他求助,那些成长中的困惑定能从他那里找到答案。

我也不知道他是如何能在一个严父与慈父之间游刃有余地转换。高考后他觉得我该减肥了,每天五点半便站在卧室里锲而不舍地叫我起床,直到把我"烦"起来,带我去跑步。刚开始实习我不习惯,他听了我没头没脑的抱怨后也曾厉声训斥。每每遇事向他诉苦,他总是先反问我一句:"你想想,你有没有做得不对的地方?"所以他从未娇纵过我的任性,也从未包庇过我的错误。直到现在,若遇到痛苦、失落、不解等负面情绪,我反省和思考的时间也远远大于情绪波动的时间。是他教会我,单单经历远远不够。要经历,然后思索,从那些或微乎其微或声势浩大的痛苦中淬炼出一点点的教训与心得,这才是痛苦的意义,也是成长的意义。

我有太多的地方像他,不喜欢人多嘈杂,经常因此而得罪盛情邀请的朋友。有时候甚至跟她们说:"不要逛商场,不要去KTV,你们对我最好的爱就是我们安安静静地坐着说说话。"偶尔去到人多嘈杂的地方,忍不住便要费尽全力说笑话扯段子捧场。我们都一样,在无尽长日里,泡杯茶看本书,便是最为舒适的时刻。

偶尔回家,我就着一盏台灯看书,他在旁练习小篆。我看着他伏案的背影,想起小时候,每每除夕将近,他在老家宽阔的案几上裁红纸写对联,笑声朗朗。多么庆幸,相视而笑时,我们父女间莫名的默契仍然还在,并未因为我的长大和他的老去而有一丝消逝。

半生岁月擦肩而过,如春日落英了然无痕。他只想在雪夜拥衾读一本旧书,而我只想再多爱他一些,让曾经意气风发而今垂垂老矣的他再慢一些、再慢一些老去。

(伊心)

不再让你孤单

少年时，
我们总把很多时刻当作整个人生的缩影，
其实那很傻。

1 ///

当我还是一个小女孩的时候,我问我的妈妈:长大了我会变成什么样呢?我会变得漂亮吗?我会变得富有吗?

我的妈妈狠狠地扇了我一巴掌,对我说:则林,你是一个小男孩哟!

小男孩不是这样幻想未来的。

在闪闪发光的少年时代,我书读得少,但也不是全然没有梦想,只是当别人每次问起,我都不好意思说出口,因为我的梦想是当黑社会。

那时我妈信奉专家提出的"穷养男,富养女",因此我在

2005年、2006年,每天一共有三块钱零花钱,一年算下来有一个保安的月收入。所以那是个贫瘠的年代,我仅靠着梦想支撑着人生。

记得在某个沉闷的午后,我带着仅有的梦想躺在长江边,看有着同样梦想的傻强站在长江边指着对岸的楼房,说以后那里有一栋会是他的,他会推平了建一个广场。我问他意义在哪儿,那时候还不太有"广场舞"这一现象,所以他也回答不出来意义在哪儿。

然后我们开始七嘴八舌地讨论各自喜欢哪一栋,买下来以后要干些什么。有一种假装自己零花钱每天不止三块钱的感觉。

聊着聊着,傻强说他饿了,我们也就都跟着饿了。我们一共八个人,把钱凑在一起打算吃顿好的,一共凑了四块八。去路边买了三碗凉面,我主动要求去端,发现自己只有两只手,只能就地先吃掉一碗,哈哈哈。我在旁边辣得倒吸凉气,看着他们七个人盯着两碗凉面发呆,没过多久,他们就抢了起来。

吃完之后,我们全然忘记了楼房这件事,人生理想降了很多个档次,变得更简单了:就是能不能吃完凉面再多加一瓶可乐。我们看着滚滚长江水咽着口水,等一个人先开口提议不如喝江水。

等着等着,终于等到堤坝边走来同校的两个低年级校友,几个冲动的人忍不住想扑上去,但老狗制止了他们。

老狗建议我们先一起盯着他们看。于是我们集体侧目看着他们,他们果然略显紧张,在离我们五十米时就忍不住开始用手捂口袋,老狗才长舒一口气:"你看,他们果然带着钱。"

于是老狗和傻强去拦住了他们,两位小朋友就这样悻悻地帮我们圆了梦。

喝完可乐,我躺在一边伴着蝉鸣,听着他们各自打嗝的声音。傻强则在旁边,继续数着对面的楼房。我眯起眼睛看向高远明净的天空,没有一只飞鸟。那天的天空,纯粹得像傻强的智商。

2 ///

傻强和很多名字带"强"字的人一样,智商颇低,并且最后都会被人叫作"傻强"。我认识傻强是因为他家住我家对面。

每天早上我背着书包上学,都会看到他从楼里走出来,双手抓着双肩背包的肩带。他总是一副自己给自己军训的样子,目不斜视,昂首挺胸,一直前进。两个人照面打多了,自然就渐渐拉近了心理距离。

那时的我虽然不学无术,但也不是一无是处。在极度的无聊中,我用作业本编纂了一本《青少年低端泡妞指南》,在年级间广为流传。

在某天隔壁班的傻强跑过来跟我说:"嘿嘿,我经常在楼下看见你。"

我点点头说:"我也是啊!"然后我们就正式认识了,傻强告诉我他暗恋他们班长,向我请教泡妞的技巧。

我抬起头,掷地有声地丢给傻强三句话:

"跪舔你就输了。"

"站着把妞泡了。"

"胆大心细,绝不要脸,要脸谁还泡妞啊。"

傻强激动得差点给我跪下,但我用眼神制止了他,毕竟我不是邪教组织。后来果不其然,傻强带着我给的三句"爱的箴言",

完全泡不到班长,因为我没有告诉他其中的重中之重:主要还是得看脸。

傻强受挫了挺长一段时间,一直不怎么敢见我。因为他觉得有愧于我,我给了他泡妞真谛,他却泡不到,他觉得自己简直丢了我的面子。

直到有一次学校统一打疫苗,傻强打完以后看到自己一直暗恋的女班长躲在角落抽泣,旁边的同学安慰她,告诉她别怕,其实没那么痛,但班长还是一直抽泣着摇头。

傻强看在眼里痛在心里,一咬牙,去报上班长的学号,替班长又挨了一针。那天下午傻强正在座位上直冒冷汗时,远远走来一个外班的男同学,自称是班长的男朋友。他告诉傻强:"别以为你帮我女朋友挨了一针就能改变什么,我们一样当你是个傻子。"

然后他们扭打了起来,傻强被打傻了。

放学的时候,傻强咬着真知棒,看着班长和外班的男朋友手牵手有说有笑地走在回家路上,心如刀割。

傍晚,傻强坐在我家楼下哭泣,我只是静静地坐在他旁边。

傻强说:"是不是得做个小混混才有女孩子喜欢?"

我说:"不一定。但概率会大点,毕竟少女都爱追风男子。"

傻强又说:"其实有时,我也想当个小混混。"

我听完呵呵一笑,然后严肃地拍了拍他的后背,直视着他的眼睛,认真地对傻强说:"If you have a dream, just go to 追。"

傻强半张着嘴望向我,心里就此悄悄地埋下了梦想的种子。

3 ///

自从傻强被毁了人生观和价值观之后,他渐渐在学校里赢得了所谓的"尊重"。他父母经常收到学校的投诉,但他们也没太在意,因为傻强还有一个各方面都非常优秀的亲生弟弟,所以对傻强没有任何期望和要求。

傻强感情受挫,加上父母的不管不顾和对弟弟的严重偏心,他渐渐产生了破罐子破摔的心理,变本加厉,越发大胆,学校也不去了,家也不回了。

按他妈的说法就是:"你今天看着他背上书包走出家门,然后绝对猜不到他会在哪年哪月再回来。"没过多久,傻强就被逐出了家门。

无家可归的傻强每天在外面跟着一群不上学的孩子瞎混。主营业务是收钱帮中小学生解决矛盾,恐吓同伴。业务不好的时候,傻强也试过拿着一个橘子站在网管面前,要求换取半个小时的上网时间,网管震惊之余,还是答应了他。

那些同龄人渐渐都很怕傻强,觉得他人傻胆大,基本惹不起。加上他认了一个大哥,大哥告诉他:"人在江湖,不是你瞟我一眼,就是我瞟你一眼,所以平时人家看你,无论如何你都要看回去,这样才不输你的气质啊。"从此傻强就总是一副凶神恶煞的傻样,眼神像条哈士奇。

由于他学习了这个特别的"涨气质"技巧,我跟他在一起时,经常无辜被打。有时吃个面人家只要看了他一眼,他不管那张桌子上一共坐了多少个人,都要直勾勾地盯着人家看回来,直看到人家怒从心起,然后就会打起来。这种时候我一般上去随便被人碰一下就躺着不想起来了,免得爬起来继续被打。

有一天,我看着自己新买的阿迪达斯白色外套上全是不久前留下的泥污和脚印,忍不住忧伤地问了一句傻强:"你为什么总是跟着我?"

他过了很久才尴尬地说:"不知道啊,跟外面那些人瞎混完,我就只能来找你了,感觉我只有你了啊。"

我无奈地叹了口气,然后告诉他:"那你以后别总惹是生非了,至少在明显惹不起的时候。"

他严肃地看着我:"但我们不是说好要当黑社会吗?"

我不知道说什么好,我纯粹是因为当时不学习又没钱,觉得至少要拥有一个梦想,人生才完整。我说:"Let it go吧,我累了。当黑社会并不好。"

傻强在旁边点点头,然后我们傻傻地望着天空发呆。过了一会儿,我问傻强:"你还真准备再也不回家了啊,每天就这么在外面瞎混吗?"

傻强没有说话,也没有表态,脸上浮现一股难得的忧伤,告诉我:"以前他们觉得我傻透了,现在觉得我坏透了。"

过了一会儿,我拍拍傻强说:"其实你不坏。"

4 ///

在一个中秋，我和家人吃完饭，傻强给我的小灵通打电话。我下楼看到他，整个人神清气爽，衣服干净整洁地站在那里，拖鞋也变成了一双二手球鞋，抱着一个大瓶装的可乐，笑嘻嘻地看着我。

我看着他先是一愣，没等我开口，他就喜气洋洋地告诉我说他打算回家，但有点怕，让我陪他。我听了微微一笑，然后让傻强等着，我跑上楼去拿了几个月饼下来。

傻强路上时不时地傻笑着，抱着一大瓶可乐、拿着一个月饼到了家门口，犹豫半天。我以为他紧张，就打算帮他敲门。但他制止了我，我不解地看着他，过了一会儿，才发现他好像在听着什么。

我取下塞在耳朵里的两只耳机，把耳朵顺着门的方向贴过去，然后听到门的另一边传来一阵又一阵的欢声笑语。通过声音就能想象里面一大家子人那种其乐融融的氛围。

我们就这样静静地站在楼道里，感觉时间漫长。傻强看向我，眼神里带着一种傻傻的悲凉，没有说一句话。

过了一会儿，他蹲了下去，把可乐和月饼放在门口，站起来一个人转身走了。我想说点什么,但又不知道从何开口。

我们坐在路边,傻强静静地看着远处,傻强问我:"我是不是多余的?"

我说:"其实你不敲开门,又怎么知道呢?"

傻强没有说话。

我想起了那些日子里,常在周末发现傻强像死尸一样直直地睡在我旁边,我一巴掌拍醒他,他告诉我是保姆放他进来的,他跟我家保姆是同乡。还经常在晚上,傻强用楼下小卖部的电话找我,让我随便端点东西下去给他吃,吃完他就去网吧睡觉了。

偶尔傻强不知道从哪里弄来好几百块钱,又叫我一起出去唱歌。他就这样有一天没一天地过着少年的时光。

我忍不住一阵心酸,过了一会儿,从兜里拿出一个月饼,撕开包装掰成两半,和傻强一人一半,跟他说:"中秋快乐。"接着月饼,傻强眼圈就红了。

然后我又拿出MP3和耳机,和傻强一人一只。我们在月光下，看着街上稀疏的人流，我放起了一首《不再让你孤单》。傻强靠着我的肩膀默默地流起了眼泪。我拍着他的头，也流起了眼泪。

那天之后，傻强很少来找我了，我也很难找到他。他没有固定的电话，也没有固定的地方。我时常盯着他家楼下，想起那个走路昂首挺胸的纯净少年。

5 ///

一直到很多年后，我离开了那个熟悉的地方，夜里常常寂寞得睡不着觉，忍不住开车穿过一条又一条的马路，漫无目地瞎逛在城市里，经常会听《不再让你孤单》，经常会想起傻强，也是那时才懂得了傻强傻傻的外表下，藏着怎样的心境。在最不能孤单的时候，他一直过得很孤单。

二十多岁时，我才再见到傻强，他已经变了个样，看起来也不傻了。他站在人群中显得成熟稳重。我问他在干吗呢，他说他在帮家里做生意。

我也没问他什么时候回的家，但他告诉我当初家里把他赶出来，其实是因为他出于嫉妒，好几次把自己的弟弟打得鼻青脸肿，父母一怒之下才把他赶了出去,这是他一直没告诉我的。

他后来也做了很多对不起别人的事情,比如没钱的时候把好朋友的手机拿去卖掉,住在别人家,偷了别人的东西,等等。而且他父母很早就来找过他,求他回家,但他因为怄气,一直不肯回去。

我心里微微一颤。傻强看着一脸惊讶的我,笑着对我说:"但我一直记得那年中秋,和你坐在路边,你给我放《不再让你孤单》,和我一起吃月饼,那之后我就没来打搅你了。"

我俩相视而笑。

6 ///

那天,傻强临走时问我:"是不是觉得我很坏啊,以前?"

然后我想起那个中秋的夜里,傻强跟我说:"以前他们觉得我傻透了,现在觉得我坏透了。"

我拍拍傻强说:"其实你不坏。"

因为很多年前,有一次凌晨吃夜宵,一个背着麻袋捡空瓶子的老爷爷经过,傻强马上把手上的半瓶可乐倒了个精光,追上老爷爷,把瓶子给了他。

那时,能多喝一瓶可乐,可是我们的一个小小理想呢。然后我对傻强摇了摇头说:"只是世事难料而已。"

少年时,我们总把很多时刻当作整个人生的缩影,其实那很傻。

(里则林)

不流泪的母亲

她不过是把那些眼泪都谨慎小心地收了起来,

默默地涂在那些受伤的地方。

选择身体力行地教会我,不论翻开下一张牌,

面对的是什么,都要像株坚韧的芦苇,

在长天大地的摔打中,稳稳地立住脚跟,从容应对。

不卑不亢,有礼有节。

我活了二十四年，从没见过母亲掉眼泪。

好几次，我都觉得她就要哭出来，可怎么过几秒，又极好地收束住了。

印象中，唯一一次见过母亲红眼眶，是外公和外婆离世。但她依然是节制的，全然不像别家老人去世，儿女们哭得呼天抢地，翻来滚去。

后来经历多了就知道了，那种夸张的演技派多半是秀给外人看，真正的大悲没有眼泪，身体里循环的每一滴水都是泪。

母亲出生在四川的小县城，家里五个孩子，她排行最末。外婆是大户人家的小姐，执意要嫁给身无分文的穷书生，气得父亲犯了心脏病，毅然当着家族所有成员宣布，与她断绝往来。

生活清苦，但外婆依然恪守着严格的家教礼仪。

单说吃饭一事，盛好饭不能将筷子竖插在碗里，等年纪最长的人动筷才能开始吃，不要嚼出声响，夹菜只能拣靠近自己的部分，不可以从底下往上翻，先离席一定要向桌上的长辈请示。

外婆先是生了三个女儿，生到第四个，终于得来个男孩儿，养到七岁，没撑过一场恶疾。思来想去，还是想要个儿子，便决定再生，新来的老四是女儿，其时外婆已不年轻，决定最后一搏，没想到来的还是姑娘，五朵金花从此诞生。

最小的孩子在家中，总是最得宠，而母亲从小便刻意不贪恋父母对她额外的照顾，能自己动手完成的事，绝不仰赖别人。

她念书时，担任班里的学习委员，成绩一直出类拔萃。接着，顺理成章地考上了城里的大学，从此离开家乡。

转眼就是毕业，她断然决定留在城市。

浮萍要落脚谈何容易，那时她不过是一个初出茅庐、涉世未深的小姑娘，没有积蓄、没有经验，还谈着一场天远地远的异地恋。

她去邮局，挂了封信给外婆，内容简明扼要，说因为表现优异，学校分配了一份理想体面的工作，准备在城里扎根。

外婆的回信抵达得很快，信中没有一个"不"字，但通篇历数着城市生活的难处，房子难分配，消费高，没有亲人照应，人事关系复杂。

母亲看过信，顺手从书架上拿了本书，夹在里面，没再复信。

父亲在沿海念研究生，两人仅能在寒暑假见面。层山叠嶂，江水浩荡，一纸飞鸿，来来回回诉衷肠。

母亲开始一个人打拼，高楼林立，车水马龙，没有嘘寒问暖，没有无微不至。在这里，每个人都有伟大的梦想，也有说不尽的苦衷。两年后，母亲怀孕了，而父亲还未完成学业，外婆之言果不其然兑了现。

她既要腆着大肚子坚持上班赚钱，又要操持日常的大小事务。单位给母亲分配的宿舍在一幢筒子楼里，一层十来户人家公用厨房。邻里知道母亲怀了孩子，做了好吃的，都热心地端一碗，帮她改善伙食、补充营养。人情之暖，缓和着生活的磨砺。

预产期提前，我出生的时候，父亲尚在赶来的火车上。

邻床的孕妇叫得撕心裂肺,家人跑前跑后,急得团团转。而母亲,独自躺着产房里,汗水浸湿枕头和被单,十指死死扣着床沿,紧咬牙关,一声不吭。

身边好多留在城市的年轻人,因为工作繁忙,便把孩子送回老家,请长辈帮忙照看。

头两年是实在没法子,太小,离不得人,只得拜托县城的奶奶费心。两岁,母亲便执意要接我回城,代际之间在教育孩子的理念上多少有出入,她觉得还是自己来更放心。

苦又苦在,我那时常常生病,一感冒就扁桃体发炎,一发炎就高烧。

有一晚凌晨,体温飙升到四十多摄氏度,突然之间,脸色发绀,牙关紧闭,手脚抽搐。母亲吓坏了,手忙脚乱地用毯子把我裹起来,撒开腿就往外狂奔。

夜色如墨,只余居民楼外几点零星的灯火,山影重重,一派草莽气。

她已经上气不接下气,喘得不行,脚底却不敢松懈,二十分钟,终于冲开医院急诊室的门。"医生,医生","医生",那声音急促,带着不匀的气息,像是溺水者,伸出双手,扑腾在水面,想要抓住一根救命的稻草。

又是一夜,母亲提着一壶刚烧开的水进屋,我恰好出去,一下扑到她身上,人一趔趄,翻滚着的开水淋到我的左脚背上。

正值冬天,脚上还穿着厚棉袜,五秒之内,棉袜鼓了起来,脚背已经肿起了硕大的水泡。袜子和皮肤紧紧连在一起,脱掉袜子,势必连带着撕掉皮肤。她连忙把我带到水龙头下,隔着袜子,用大量凉水冲洗降温。

医生诊断属深二度烫伤,幸好送医及时,两个月后,伤口才慢慢愈合,留下疤痕至今。

学前班里有两个男生,成绩倒数一二名,不学无术,整日游手好闲。

某天下午放学,一走出校门,他们便尾随着我。重庆是山城,路面起起伏伏,弯弯绕绕。从学校回家的路上,要先经过几十步的上行阶梯,然后是一长串接连不断的下行阶梯。

油然而生的恐惧让我不由得一路小跑起来。没想到,他们竟也跑起来。我随即加快了步伐,他们也加快了脚步。

气氛瞬间变得紧张,不知他们有何企图,逃命一般,只顾倾尽全力往前跑。

情势越来越危急,慌乱中,我一脚踩在阶梯沿上,整个人滑了出去,顺着阶梯往下滚,一阶一阶,每一阶都沉沉地摔下去,发出钝重的响声。速度越来越快,我只觉得眼前天地回旋,大脑一阵嗡嗡,下意识想要团住身体,却无能为力。

那俩臭小子看到这一幕,也傻了眼,反倒不敢再追,朝另一个方向溜走了。

弄脏了衣服,身上青一块紫一块,回家肯定得有个交代。谎称自己走路看花了眼,摔了跤,母亲也没多过问,只是叮嘱以后多加小心。

躺在床上,辗转反侧,怎么也睡不着,越想越后怕。

半夜三点,我走到母亲的床边,叫醒她。

"明天我不想去上学了。"

"怎么了?"

"我害怕。"

"害怕什么?"

直到那时,我才一五一十地道出了原委。

母亲听完,勃然大怒:"明天我送你去学校,教训教训他们。"

"不要去!"在我心里,他们可是坏得无恶不作。

他们不仅敢不写家庭作业,拒绝回答老师提出的问题,公然在课堂上跟老师叫板,而且一旦他们看不惯谁,就可以随意拿起他的书包扔进厕所,撕坏他的课本,把文具盒里的笔都倒在垃圾桶里。

教导主任让他们请家长,请来了也无济于事,还是那副吊儿郎当的劲儿。一群六岁左右的孩子,遇上这么两个小魔王,唯恐避之不及,哪敢招惹。

"为什么不去?"

"我害怕他们会变本加厉地报复、捉弄我。"

"对于这种人,你不给他点颜色看看,他就蹬鼻子上脸。别担心,这件事妈替你搞定。"

第二天一早,我妈在操场上,靠着一张嘴的本事,竟然就把那两个小屁孩儿收拾得服服帖帖。而我弱弱地躲在她身后,像摊糊不上墙的稀泥。

读大学的时候,也离开了家。

我们每周固定通一次长时间的电话,平时便各忙各的,偶尔发发短信聊几句天。

某天,母亲一通电话打来,说她去医院检查,医生让她立马住院接受手术。自我儿时起,她心脏就一直不太好,去市里最好的几家医院,用了最先进的仪器检测,吃了最好的药,也不见明显好转。

前阵子,单位组织体检,一位老医生说她心脏的血流声听起来不对,怀疑是先天性心脏瓣膜缺失。她拿着老医生的预诊结果,去医院做了针对性的专门检查,医生大吃一惊:"你竟然平安活到了四十多岁！"

"你爸上班顾不了那么多，我想着你过两天放寒假回来，能帮上忙。刚好早上心外科腾出一个床位，我就答应了。""嗯。"

我嘴上应着，心里打着鼓，那种不安与忐忑，或许来自母亲即将走上手术台，会面临的难测风险，或许来自要动真格地挑起家庭担子一部分的猝不及防。

手术安排在我到家之后的隔天，母亲已经住进了病房。

她穿着白底蓝条的病号服，病床旁放着一个小行李箱。她已经自己收拾好了所有用得到的换洗衣物，还有简单的洗漱用品，递给我一张单子，上面写着营养又简单的菜谱。

她知道，我那时尚未具备家事和厨艺方面的充足经验，有了这张秘籍，便不需费尽心思地想破脑子，要怎么解决她一日三餐的问题。

入夜，她决意早些休息，让我和父亲尽早回家。

次日，我推着母亲的病床进了手术室。

路上,她说,早就跟医生详细了解了手术的进行过程。一根铁丝,顶头固定着一块填补心瓣膜缺失的材料,从大腿根部的血管进入,绕过五脏六腑到达心脏,将材料精确定位安好以后,再由原路撤回。

我听得胆战心惊,她讲得却安宁平静,颇有一种什么大风大浪没见过,何惧区区一台手术的大将之风。

手术使用局部麻醉,母亲的意识完全清醒。她清晰地感受着铁丝进入了她的体内,然后两名主刀医生和两名护士配合着,通过仪器显示的身体内部画面,操控着铁丝的走向。

"向上,好的,接着向左一点儿,没问题,往右来一点儿。"

候在手术室外的我,大脑一片空白,一时间许多往事涌了进来,然后又像一枪烟雾,全部飘散开去。

而我竟然是因为母亲手术卧床,才发现了许多生活的奥秘。

蔬菜多少钱一斤,肉买哪个部位才好吃,一大罐牛奶提在手上原来那么沉,菜要怎么炒才不会把油溅得四处都是,东西要怎么收拾才能最大限度地利用屋子里的每一寸空间。

我发现,脏了的衣服、用过的碗、屋里的地板不会自动变干净,而在长久的岁月里,家里的整洁似乎都来得理所当然。

我学会了熬鲫鱼汤,跟她一样,在大锅里熬得奶白奶白的。她嫌给我添太多麻烦,就吃了一个星期的鲫鱼汤泡饭,配一点儿榨菜。

就在手术当年的冬天,外公外婆相继去世,前后只相差两个月。

我很难想象那对于母亲的打击,姨们泣不成声,而她就默默地站着,忙前忙后,几次看到她眼眶晶莹,但始终没有落下泪来。

我曾在相册里看到过母亲年轻时候的照片,清秀水灵,穿着样式最时兴的衣服,头发卷着漂亮的大波浪,骄傲地把手插在腰间,一副不谙世事的纯真模样。

她也曾事事一无所知,但生活的担子一压下来,她就立马收起那些幼稚和脆弱,坚毅地扛起来。

母亲是个很会过日子的人,去趟菜市场,就能跟小商小贩们搞好关系,不费吹灰之力地让他们从摊位底下热情地拿出两把最新鲜的蔬菜。

遇上人多，摊主老远就能看着她走来，高声招呼着："姐，来啦！"然后将一块上好的猪肉，从里三层外三层的人群中递出来。

她总是能在上车之前，准确地看清座位的位置，在汹涌的人潮中，看准空当挤上车，手脚麻利地占据两个座位。而我慢吞吞，几乎是随着队尾才上车时，她可以不顾身边乘客的白眼，坚定地叫我去坐，并叮嘱我下次上车动作要快，主动一些。

她每周跟着我去上钢琴课，老师讲，她就认真地做笔记。回家之后，每天监督着我练琴，搬个椅子坐在旁边，刁钻的耳朵能在大段大段的旋律中听出弹错的地方，然后用一根毛衣针，严肃地敲敲弹错音的手指，以儆效尤。

她很擅长合理规划时间，同一时间能做好几件事。不管料理哪一餐，她都能用比其他妈妈短至少一半的时间，做出同样美味的饭菜。

小学上早自习，不到八点就要求到校。而我似乎天生睡眠时间就比别人长，为了保证我睡足觉，她研发了一套最快速的流程。十分钟穿衣洗漱，十分钟边吃早餐，她边在身后给我扎马尾辫，每次都梳得跟体操运动员一样油光水滑，紧紧地束在脑后，一缕头发都不会飞出来，疼得我嗷嗷叫。

可是,她也是第一次做母亲,面对我刚出生整夜整夜的号哭,是饿了还是冷了,尿了还是病了,都是一步步摸索领悟出来的。到后来,只要看到我一个表情,她就知道:"这孩子大便了,该换尿布了。"

她也是被父母呵护着长大的小女孩儿,可是不管自己身体状况是不是糟糕,天气是不是恶劣,她从来都二话不说、不辞辛劳地为我奔前忙后。

她心里有那么多事,但我的事被默认为"置顶",不用取号等位,永远排在第一。

当好母亲,不是什么惊天地、泣鬼神的丰功伟绩,却也是不凡的本事。

"妈妈,你为什么不哭?"

"哭有什么用,哭能解决问题的话,我就哭给你看。"

她知道生活的打磨无时不在,而泪水的清洗不过是徒增伤悲,毫无裨益。可是每次都是这句老掉牙的话,从来没变过。

我偷偷问父亲:"她真的从来不哭吗?"

"怎么可能?"他的眼睛移开手中的报纸,视线从老花镜的上方斜斜地瞄出来。

"那什么时候哭啊?"

"你不听话的时候,她也躲在被子里嘤嘤地哭啊。"

"我什么时候不听话了?"

"你那些明知故犯、愚昧固执、不肯悔改的事儿呗。"

我大概知道他所指的是什么,年轻气盛,我总想依着自己的想法,不顾现实的障碍,去做一些在他们看来极不靠谱儿的举动。

比如高三的时候,放弃保送,执意要参加高考。

大学的时候,排斥其他专业,一门心思要念中文系。

还有每一次恋爱,他们都觉得我像只没头没脑的飞蛾,全情投入地,去赴一场绚烂而危险的烟火。

好些事情,母亲只敢站在那个看起来稳妥的选择后面,是因为作为父母,她觉得为我做出正确的引导是分内之事,而选错了路,则会成为她后悔一生的遗憾。尽管对于我的某些选择,她极力劝阻,其实到最后,不管我如何抉择,她仍旧会用热切的目光追随着我。

怀抱着一颗温暖的私心,也拼尽全力克制住每代人都有的观念局限。

成功时,站在属于我的鲜花掌声背后,静静微笑;失败时,则义无反顾大步向前,无条件为我收拾一地残局。

生活的难题步步紧接,她哪有工夫去流眼泪,眼睛哭花了,就看不到我了呀。

但傻瓜,世界上哪有不流泪的母亲。

当她在生我的前夜痛得在病床上打滚,独自睡在心脏瓣膜修补的手术台上时,恐惧无助的泪水滴滴答答,吞在肚子里。

在我高烧不退、烫出水泡、被人欺负、一意孤行去惊涛骇浪中闯荡的时候,她心疼的泪早就聚成了一汪小水潭。

外婆外公离世的时候,她悲伤的泪已经泛滥成海洋,那是她的父母啊,而她将永远地失去他们。

寻常生活里,哪一样本领不是要一点儿一点儿学,学会哪一样不是靠不断地犯错,才锻造为最后的炉火纯青,委屈的泪水数也数不尽。

她不过是把那些眼泪都谨慎小心地收了起来,默默地涂在那些受伤的地方。选择身体力行地教会我,不论翻开下一张牌,面对的是什么,都要像株坚韧的芦苇,在长天大地的摔打中,稳稳地立住脚跟,从容应对。

不卑不亢,有礼有节。

然后,那些落在她心里的眼泪,就凝结成一小颗一小颗,耀眼的水晶,点缀在了,日渐花白的头发之间。

闪呀,闪呀,闪。

(羊乃书)

从你的全世界路过

当我拥有全世界,

有你给我一份深藏的母爱,

当我失去全世界,

还有你,在我身边默默为我付出。

1 ///

我出生两个月，就被她送人了。她和父亲都是老实巴交的农民，穷得都快揭不开锅了，毕生的追求就是生一个儿子，延续香火，养儿防老。我是她的第三个女儿，我的出生让她又一次失望，于是我被她送给了附近村子的一户富裕人家。

我的养父开了家小有规模的屠宰场，生活富裕，养母做过乡村教师，温和善良，后来有了我，就辞职回家相夫教子。他们不能有自己的孩子，一直视我为己出，给我吃最好的奶粉，穿最漂亮的花裙子，买好看的洋娃娃和连环画，上最好的学校。我粉嫩可爱，冰雪聪明，成绩优异，深得养父母喜欢。我一直觉得自己很幸福。

2 ///

从我两三岁大概记事起,就隐约记得,每年二三月份就会有一个陌生女人来家里,尴尬地坐在客厅里,拘谨地搓着手,小心翼翼地说话,迟疑地笑着。

每当这时,母亲会把正在屋里写作业或在外面玩的我叫过来,让我叫她"姨"。她穿着陈旧的蓝色衣服,用蓝帕子拢着头发,看上去非常苍老。我通常会有礼貌地叫一声"姨",她嚅动着干裂的嘴唇,伸出粗糙的手,抓着我细嫩的小手,上下打量。她来,一般会带几个煮鸡蛋或一包鸡蛋糕,都是我平常已经吃腻的东西。她拉着我的手,拿着一个鸡蛋,往我手里塞,嘴里念叨着:"姨给你煮的鸡蛋,吃,吃吧!"我抗拒地往后退,转头看着母亲,母亲依然宽容温婉地笑着,对我点头:"姨给你的,拿着吧!"我勉强接过鸡蛋,扭头跑回自己房间,把鸡蛋放在一旁,继续写作业。那时我不知道她是生母,我不知道我的身上,还流着她的血。我只是不喜欢这个莫名其妙的陌生女人,不喜欢她用莫名其妙的目光打量我。

3 ///

渐渐地,我长大了一些,邻居的一些闲言碎语时不时飘进我的耳朵，我从来没想过，我不是温婉和气的母亲亲生的，我不敢相信，那个苍老粗鄙贫穷的女人是我的亲生母亲。母亲那么善良宽容，她每次来，都热情地接待她，临走时候，隐约听到母亲小声对她说道："你放心吧，她很好，你不用操心了，我们会照顾好她的。"渐渐地，也许是她觉得不妥，不常来了。

她在把我送人之后，终于如愿以偿，生了儿子，可是命运并没有因此而改变，他们依然很贫穷。因为还会经常有飘到耳朵的闲言碎语，这个陌生女人，在我心里留下了秘密的印迹。

4 ///

上了中学，学校在镇上，母亲给我买了崭新的自行车，我每天骑自行车往返于学校和家之间，小路穿过好几个村子，路过她的村子，我会下意识地多看一眼。有时会真的看到她在路边的田地里干活。她依然穿着脏旧的衣服，弯着腰，侍弄她种的黄瓜、西红柿。有时她看到我，惊喜地张嘴想打招呼，又尴尬地笑笑，我慌乱失措地回应她一个复杂的表情，转过脸去。

有时她会用自行车带着一筐子从自己田里才摘下来的新鲜蔬菜，走街串巷地吆喝叫卖。母亲看到了，会特意照顾她的生意，买一些黄瓜或西红柿，她总是和母亲在那里很私密地为几块钱推脱着:"拿着吧,就是几个西红柿嘛!就当我给孩子拿的,尝个新鲜。不值什么!"我鄙夷地白了她一眼。如果她真的是我的生母,我觉得羞耻。

5 ///

高中毕业,我如愿以偿,考上了梦寐以求的大学。全家都激动得睡不着,父亲在镇上摆了几桌酒席,宴请了前来贺喜的亲戚朋友。临行前的晚上,她又来了。她看上去更加苍老了,头发已经花白,脸上的皱纹笑成了菊花,神情依然是那样尴尬。桌子上放着一个打开的包袱,一件红色的毛衣,她在絮絮叨叨地重复着:"真好,上大学了,真好,真有本事。"我和她冷冰冰地打了招呼,进了自己屋子。过了一会儿,隐约听到她要走了,母亲说:"等一下,我去叫她。"她小声说:"不用了,让孩子休息吧!"

6 ///

那天晚上,她走后,母亲到我房间,和我彻夜长谈。母亲说:"这么多年,你可能也听到了不少的闲言碎语,其实我和你爸爸也没打算瞒着你。你也不要怪她,她也很不容易,没有办法了,可是她这么多年,从来没有忘记你,一直都很记挂你。小时候那几年,她每年都来看你,那是她生你的日子,只有她记得最清楚,给你煮几个鸡蛋,买一斤鸡蛋糕,那就是她一个月的菜钱。后来她看你过得很好,就不常来了,可是时不时总托人捎点她种的蔬菜。做母亲的,谁不爱自己的孩子啊,如果不是没有办法,谁愿意把自己的骨肉送别人,何况你这么漂亮可爱。"

说着,母亲爱怜地把我搂在怀里。我隐隐想起小时候她每年春天送来的煮鸡蛋和鸡蛋糕,和家里冰箱里忽然塞满的新鲜的豆角茄子,心里一阵酸楚,可是我依然无法原谅她,无知愚昧粗鄙贫寒的她怎么会是我的母亲?一个合格称职的母亲,又怎么会将自己的孩子送给他人?

母亲抚摸着她送来的毛衣说:"这是她听说你考上了大学,亲手给你织的。她说,哈尔滨那个地方寒冷,穿暖和点。"母亲把那件红毛衣亲手放进我的行李箱。那件毛衣,虽然绵软温暖,可是样子土气,我一次也没有穿过,就送给了一个同学。我有母亲买给我的穿不完的李宁和耐克,才不会穿这样一件土气的毛衣。

7 ///

大学四年,她依然会每年让人捎给我一些东西,有时会是一双手套,有时是一双布鞋,有时是几双手绣的鞋垫。她绣的鞋垫,有牡丹或蝴蝶,针脚细密,花样精美,栩栩如生,让宿舍的同学羡慕极了。大家都说:"小清啊,你可真幸福,你妈妈的手真巧,给我也绣一双吧!"我无奈地笑笑,胡乱答应下来。

暑假回家,快开学的时候,她又来看望我,带了大包的东西,我依然爱理不理的样子,忽然想起同学们的话,随口说道:"姨,同学都说你绣的鞋垫好看,都喜欢呢!"她听了,连声应道:"你穿了吗?喜欢吗?同学也喜欢,好,姨回去再绣几双,喜欢就好,天南海北,住在一起,和同学也搞好关系。"她黯淡呆滞的目光闪烁着兴奋的光芒,我淡淡地说了句"谢谢"。

两天后,她又来了,带了一大包鞋垫,足有十几双。她已经耷拉下垂的眼皮下,依稀能看到红红的血丝,我忽然觉得自己的狠心,鼻子一酸,跑进自己屋子。

8 ///

大学毕业了,我回到家乡省城。进了大企业,经人介绍认识了现在的丈夫,我们一见钟情,很快结婚,并在单位附近买了两室的房子,过起自己的小日子。

节假日或有闲暇,我便和丈夫一同回家看望父母,他们也老了，每次看到他们，想起二十多年的养育之恩，虽然不是亲生父母，却给了我最好的爱，我就由衷地感激。

然而好景不长，父亲的屠宰场因为手下人的经营不善和对手的算计挤兑，严重亏损，几近破产，他急火攻心，脑溢血复发，再没有醒来。我收起悲痛，料理了后事，把母亲接到城里和我一起生活。母亲一直身体不好，这次因为父亲的离去，一直郁郁寡欢，思念成疾，不久也病倒，也不好好配合医院治疗，那个冬天，也没能熬过，不久就去世了。

两个善良的人，给我温暖给我爱，给我最好的一切，忽然双双离开了我，我悲痛欲绝，几乎流干了二十多年所有的泪水。她就在这时，打电话给我，我接通了电话喂了半天，那边才传来迟疑的声音："是小清吗！我是××村的姨啊。小清啊，我知道你难过，可是一定要保重自己的身体啊！别难过，别难过，他们都是好人，别难过啊。"她在电话那头不停地重复"别难过"，最后，要挂了，又小心而迟疑地说："别难过，你还有我。"我沉浸在自己的悲痛里，什么声音都无法让我动容。我不知道，这是她人生的第一个电话，她四处打听了我的电话，让她那已经辍学在家务农的儿子，也就是我的弟弟帮她拨通了电话，她不知道自己可以做什么，只能用自己的方式安慰我。

9 ///

日子还要继续,不久我怀孕了,小生命到来的喜悦渐渐冲淡了我的丧亲之痛。怀孕期间,她依然会时不时让进城的乡亲给我捎一些自己腌制的可口酱菜或者苞谷。十月怀胎,终于分娩,我在医院里疼得死去活来,终于生下这个粉嫩可爱的小生命。护士把孩子抱到我面前的时候,我忽然理解了她。她怎么会不爱我呢!忍受这样的痛苦,自己身上的血肉,她怎么会不爱我呢?也许母亲说得对,她也有自己的难处和苦衷。就在我做了母亲的这一刻,我懂了。

初为人母的喜悦渐渐被小宝贝的哭闹和没日没夜的劳累包围,让我和丈夫手忙脚乱,筋疲力尽。他的父母又远在南方,我们决定让老家的亲戚帮忙找一个可靠的保姆,却迟迟没有合适的。

忽一日,她出现在我的门前,提着一个破旧的小旅行包,带着大包小包的吃的,由小区的保安带着,小保安问:"大姐,她说是你家的保姆?"我看着她眼中的怯弱和期待,忙回答道:"对对对,谢谢你啊!"进了家门,她局促不安,像个做错事情的孩子,不停地解释:"我听说你要找保姆,自己就来了,我在家又没事情,你也不用花钱再找外人,我不要钱的,你要是觉得不方便,我就回去。"许久,我没有说话,心里万般滋味纠结。她站起来,提起那个旧的小旅行包,准备走了,又指着地上大包小包的东西一一交代。我拉住她,低声道:"别走了。"

她仿佛得到奖励和恩赐一般,快乐在那张长满皱纹的脸上蔓延。她每天在家里,帮我带孩子,做饭,打扫屋子,兢兢业业,生怕出错,每次看到她抱着孩子小心翼翼的样子,我都觉得心痛,丈夫说:"姨,孩子没那么金贵,你都是有经验的,在家怎么抱孩子,在这儿就怎么抱这孩子!"她总是呵呵笑笑,孩子在她怀里只要一哭,她就非常紧张,仿佛是自己惹哭了孩子,自责不安:"妞,不哭不哭,奶奶不小心,弄疼妞了,不哭不哭。"她仿佛要把亏欠我的,一点一滴都补偿在我的孩子身上。

10 ///

孩子睡着的时候,她就在阳台上干自己的活计,纳鞋底或者织毛衣。鞋做好了,是给我的,厚厚的千层底,红色的绒布面,像乡下的棉鞋,但没有后帮,原来是一双棉拖鞋。她说:"超市买的拖鞋不暖和,在家里就穿这个吧,不好看,但絮的棉花,暖和!"我坦然地穿着她做的棉拖鞋,想起上大学时,因为同学的羡慕,让她连夜赶做的十几双绣花鞋垫,心里一阵酸楚,隐约有咸咸的液体从眼角流下,我转过身去,不让她看到。

有同事来家里看望小宝贝,我们在客厅开心地聊天,她倒了茶,又回到阳台上。同事临走时,看到了门口我的那双棉拖鞋,惊叫道:"好漂亮的拖鞋!好细密的针线活啊!谁做的?"我笑吟吟地脱口而出:"我妈做的!"

送走了同事,再回到屋里,看到她正在阳台上悄悄地抹眼泪。我知道,是我刚才脱口而出的那句"妈",让她幸福而心酸。我走过去,拉住她的手,她的手,因为劳作,从来没有细嫩过,粗糙而温暖,她哽咽着,含着激动欣喜的泪水:"孩子,小清,别怪妈啊,不是,别怪姨,当年送走你,我也是没办法啊!"

其实我在心底,早已经原谅了她,也理解了她多年的苦,刚才对同事脱口而出的那句"我妈做的",暴露了心底真实的自我,可是依然不能当着她的面,亲口叫一声:"妈妈!"

11 ///

孩子带到两岁多,送了幼儿园,她回乡下了,给她钱,每次都是原封不动地被放回枕头底下。我托关系,给她的儿子也就是我的弟弟找了份相对稳定的工厂保安的工作。我有时也给她买一些营养品和衣物,像一个普通的女儿一样。

12 ///

今年春天,她去世了,我没有哭,可是我觉得心忽然空了,没着没落。我握着她渐渐冰凉的手,这双手,给我煮过鸡蛋、绣过鞋垫、做过鞋、织过毛衣、腌过酱菜;这双手,用她的方式,用她微薄的力量,给我温暖,可是我从来没有珍惜过,当我渐渐明了,她却老了,她却走了。

当我拥有全世界,有你,给我一份深藏的母爱,当我失去全世界,至少还有你,一直在不远处静静地观望,在身边默默地付出。而今,这份关爱,也远去了,我想要亲口叫一声"妈",也不能了。

(薇薇)

人为何要背负情感

幸福着所爱之人的幸福,

痛苦着所爱之人的痛苦。

1

小时候，姥爷在家看着我玩。看着看着，年老的姥爷就睡着了。我玩着玩着也累了，就一个人趴在地板上睡着了。

姥爷睡醒后，看到我一个人，小小的身子蜷缩在地板上睡着，姥爷很心疼。他把我抱到床上，觉得我着凉了，觉得他没照顾好我。逢人便说自己老了，不中用了，让我受凉了。心里一想起我的那一次睡在地上的经历，就唏嘘不已。

可就是这样，我也还是健康安全地长大了。

那一次睡在地上的经历丝毫没有对我有什么影响，却成为姥爷无法释怀的心疼和后悔。

2 ///

妈妈说，很多年前在医院护理姥爷的时候，处于昏迷状态的姥爷打点滴跑针了，手背上起了很大的包。妈妈没有注意到。

姥爷皱着眉头，呼吸有些急促，妈妈看了姥爷一会儿，才看到手背上的大包。那一刻，心疼到无以复加的地步。

叫来了护士，处理了问题，妈妈还是忍不住流泪了。

后来，姥爷因病去世。每隔一段时间，妈妈便会不经意地提起这件事情，看似云淡风轻，但我知道她心里承受怎样的煎熬。

那是一种对于至亲至爱的人才有的心疼，才有的后悔，那种为所爱之人的心疼的感觉，那是种恨不得让自己替所爱之人受所有的苦的心情。

3 ///

我录取上黑龙江大学的那天晚上，妈妈去了哈尔滨，我和爸爸在鸡西。爸爸急性阑尾炎发作需要手术，我签了字。

爸爸脸色惨白、额头上有汗珠。当他被推进手术室的时候，我的眼泪忍不住了。身边的叔叔们要我别着急，还给我买了好吃的。

我边吃边等爸爸。

爸爸手术很成功，第二天，我病倒了。急性胃肠炎，可能是因为精神紧张的时候吃东西，导致肠胃不调。恶心、呕吐、低血压、休克。

也就是那次，我从一百一十斤瘦到了不足一百斤，而且没有反弹。

天知道当时的我心里承受了多大的压力、多大的心酸。

4 ///

去年冬天，我的甲状腺出了问题，需要手术。在手术前不知道是不是良性的，妈妈几乎两天没合眼。手术之后她又照顾我一周。那一周，她的裤子明显地肥大了很多，人瘦了一圈。

后来我康复了，要回学校之前，妈妈说："要是你有点什么事，我就不活了。"我一遍遍安慰她说我这么年轻，能有什么事情，眼泪却在心里流了一万次 。

5 ///

汪的鼻子做手术的当天晚上，我去看他。一进房间，发现他躺在那里，鼻子里面塞满了棉花，眼泪挂在脸上，眼睛也哭肿了。

我不顾他的爸妈在旁边，也站在他身边哭了起来。那是我们的三周年纪念日，本来想出去郊游，结果变成了在一起哭泣。

他牵住我的手，用不清晰的声音告诉我他没事。

他的脸也因为塞了棉花而显得肿大、丑陋、苍白。

他的头发也很油腻。

他的眼神很黯淡，还有点红血丝。

我却只看到了我的心在抽搐。

6 ///

大一的时候我的膝盖骨错位，汪送我到医院后便给爸妈打电话。七点多打的电话,十二点爸妈就到了。鸡西到哈尔滨五百多公里,他们用了不到五个小时就到了。那一路的汽车飞驰,每次回想起来我就紧张。

唯有至亲至爱的人遭受痛苦,才能让自己不顾生死而奔去。

7 ///

妈妈身体不太好,晚上一起看电视的时候,我愿意给她按脚。可是她若没有洗脚的时候,就不让我按,怕我嫌弃她脏。

有一次她累极了,不爱动弹去洗脚。我就给她端了盆水,洗完脚又埋怨了她两句,说她泡脚不坚持什么的,说泡脚对身体好什么的。

然后我把水倒了之后,就给她按脚。

看着看着电视,我感觉妈妈在偷偷抹眼泪。那一刻,我的心碎了。我不该埋怨她。

不,也不是这样。这种说不清道不明的感情,怎能用苍白的文字表达出来?

8 ///

小时候家里条件不太好,爸妈很节省,却从没让我委屈过。

有一次在高峰期坐汽车回家,很拥挤,路程很远。我坐在座位上,看到一个妇女拎着很多菜,一路小跑地赶车。

那是冬天,外面很冷。那妇女没戴手套。

上车之后有点站不稳,还拎着那么多菜,旁边的人也没有好心地拉她一把。她踉踉跄跄地过了好一会儿才站稳。

我看了之后想让个座。

但是当我看清楚之后,发现那是我的妈妈。

这么多年过去了,我都不爱打车。我总觉有一个在寒冷的冬天、拎着满满的菜去挤公交的妈妈,就在心里面。

刚才陪妈妈摘豆角,因为明天早晨我走得早,而她又想给我做好吃的，所以就在晚上摘好。

她说起了第一个故事，然后又说起了第二个故事。

她又问了我钱够不够，让我学习别太累。

她又说她要喝牛奶睡觉了，让我上网别太晚了。

我突然意识到，我虽然在家，可是陪她的时间很少。

我突然意识到，我在大学玩得稀里糊涂，她却担心我的身体。

我突然意识到，她有很多心里的故事想和我分享，我却急于走向自己的未来。

然后我就想到了第三个故事、第四个故事，直到第八个故事。

为何人要背负感情？人活在世上已经很不容易，为何却要懂得"情"字？为何要为所爱、所念之人心疼？亲情、爱情、友情，哪一样不是沉甸甸地压在我们心头最脆弱的那一尖上？

为何人会有贫穷、寒冷、疾病？会有不顺心、会有委屈、会有泪水？为何人会有分别、不舍、担忧？而每当人去遭受这些的时候，爱着自己的人也一样遭受着这些。

幸福着所爱之人的幸福，痛苦着所爱之人的痛苦。

人为何要背负感情？

（鲁雨洲）

你可千万别像你爸啊

但我的确很像我爸爸,

我也非常倔,也是直肠子,

会因为相信一件事或一个人,

昂着头和生活叫板,

但我更像我自己,

我是他的延续,却不是复制。

每次给我妈打电话听她数落我爸是一个必需的程序。按照我家惯例,我妈先是把我爸最近做得不对的地方添油加醋地说一番,然后郑重地警告我:"你可千万不能像你爸啊,他太倔、太硬,做人啊要活泛一点。"

我记得儿时有一次陪我爸在单位开会。体制内企业,走程序的事比较多。我爸本身就烦这样的会,他就抱着我在后排看《二战史》,爷儿俩看得津津有味,目不转睛。然后有个领导不开眼,叫我爸总结一下最近的工作内容,我爸拍拍屁股说:"最近挺清闲,没什么事,就是喝喝茶水嗑嗑瓜子。"

周围一圈人捂着嘴偷笑,我爸搞不清楚状况,茫然四顾。领导皱了皱眉,又问:"就没有一些具体的工作内容吗?"我爸不耐烦了:"有啥具体内容?茶是龙井的,瓜子是五香的,我总结完了。"

就是这么个直肠子,到处当好人,却到处得罪人。

我小时候特别黏我爸。有一次他出差,我抱着他的大腿死活不让走。他丢一包糖在床上,我特没出息地去捡,一回头发现他都出了屋。我哭花了小脸挂着两道鼻涕在后面追啊追,始终没追上。

那时候家里没什么钱,但是爸妈都是国企单位,有保障,偶尔还有些福利。赶上周末放假,他就带着我去单位的仓库里蹭免费的水果。

看管仓库的师傅把大门一拉开,里面一箩筐一箩筐的苹果啊、鸭梨啊什么的。他打开一筐,把我整个人都放进去。我坐在筐里甩开了吃,这筐吃腻了,就换一筐。

像是猴子在桃园,有的果子咬了一口就不吃了,那奢侈劲儿,土豪得很。走的时候还在口袋里塞满了各种水果,到家了全掏出来给妈妈。妈妈抱着我数,一个果、两个果、三个果……

那时候什么都没有,幸福却那么多,快乐也那么多。

但从我记事的时候开始,我爸的脾气就很坏,也许和他的成长经历有关吧。我爸十八岁的时候,爷爷就去世了,奶奶一共生了七个孩子,大伯工作在远方,二伯当兵,我爸是老三,家里最年长的儿子,奶奶一个人带着几个孩子强推着生活往前走。寡妇门前是非多,经常有人欺负我们家没有主事的。

别人盖工棚占了我们家院子,我爸把棚子给拆了。邻居家的小混混溜进我们家偷鸽子,下班了我爸拎着扁担再去抢回来。这样的还击方法不对、不理智,但是在那个年代,他或许找不到更好的解决办法,他竖起了全身的刺,顶着难处尴尬地向前匍匐,暴躁地面对着生活给的酸楚。他耿直得像一盒钢卷尺,直来直去地活着,谁要他弯曲,他就怒气冲冲飞回盒内,时不时刮伤身边的人。

我妈有时希望他会察言观色,会见风使舵。这样或许也能在企业里混出个样儿来,可是这些年过去了,他还是学不会溜须拍马,也学不会阿谀奉承。好就是好,不喜欢就是不喜欢。他的喜怒哀乐全都挂在脸上,没有一个成熟男人该有的"世故"。

我和我爸的相处方式不像是父子,却更像是朋友。我总是没大没小,他也不顾及父亲该有怎样的威严,喜欢拿我打趣、开玩笑。

小学五六年级的时候,我疯狂地爱上了漫画、足球和小说。很长时间都稳坐全班倒数第一的宝座。

开家长会我妈嫌我不争气,一般都派我爸来。我爸也比较镇得住场面,来了看一眼成绩单的最后一名的我多少分,随手就把成绩单放进兜里回去给我妈验收。

就那么一次,真的有一位同学因为生病缺考两科,我考了个倒数第二。我爸来开家长会,看了一眼倒数第一发现不是我,眉头紧锁,于是翻到了成绩单的背面去找……

父皇,您领了这么多年的成绩单不知道背面什么都没有是空白的吗?

寻找未果,怒问:"你在哪儿呢?"

我忍痛答曰:"爸你看倒数第二个……"

老爸转脸一看,愁眉瞬展,欣慰着念道:"哎哟,倒霉孩子还抓到一个。"

我们班主任憋到内伤。

高中时候我和我的小女友放学刚出校门,就被我爸逮了个正着。我让女孩自己先回家,一个人战战兢兢地面对我老爸。

结果我爸张嘴就问:"你什么眼光?她不就个子高点吗,你喜欢这类型?"

恋爱中的稚嫩小男孩斗胆反驳:"我喜欢她不是因为外表,你不懂,咱俩口味不一样。"

我爸怒问:"你知道我什么口味???"

脑海中一闪念,淡定答道:"……我妈那个口味的。"

我爸好像瞬间被雷击到了,回家的路上一直很严肃。当时我心里这个后怕啊,寻思我爸这是在等"技能冷却"呢?到家一进门,菜香从厨房里传出来,我爸自己嘿嘿笑着,笑得我直发毛。他回头对我说,对,就是这个味儿。

当然也有不少挨揍的时候,比如我偷了化肥厂的尿素撒在了姑妈家的菜园子里,比如我踢碎了邻居的玻璃第一反应是逃跑,比如少年时那么多次挨揍,如今看来都是可以拿来评论道德和人格的东西。

现在想想,在我最叛逆的那个年代,我打电动他不管,上网吧他给我钱,考试成绩他很少过问,就连早恋这样"大逆不道"的事他都觉得可以从宽处理。但是那些违反他做人原则的事情,他却从不让步。我不知道这是他独特的教育方式,还是这就是他的处世态度。

但是,这样自由的成长方式如何成就了今天的我,他当然不得而知。这么多年的放养生活里,我以自己最原本的状态生长着,是这种自由,让我在任何一个陌生的环境中都能很迅速地融入进去,将自己的气息铺散开来。你说是我无知也好,说我莽撞也罢,起码在我起初要试探这个世界的时候,我爸没有因为顾忌或担心我太多,而过于束缚我。

后来我离开家,融进大学生活,尽管离家很近,却很少回家。我把自己的生活丰富得滴水不漏,我玩音乐、跳舞、演话剧,勇敢地尝试着每一样我不曾接触过的新鲜事情。

大一放寒假回家,有次家里吃火锅,我和我爸去买菜。走路的时候我步伐快了点,他跟着我走急了,累得气喘吁吁。我故意放慢点,他强调着说就是昨晚没睡好。

快到家附近的时候,突然下起了雨,我爸开始加快步伐往家里跑。我不敢超过他,一直在后面跟着。他扭动着身子,跑着跑着突然回头大声说:"你看,我跑得不慢,我身体还很好。"

我忽然觉得鼻子一酸,手足无措。他的衰老在那一瞬间被放大,像一张网,铺天盖地地将我捆绑起来。我舍不得追上他,脚步越来越慢,腿越来越软。我小声说了一句"爸你等会儿我,别走那么快",却被风吹散了,飘进我耳朵里已经变成了哭腔。

成年后游子的离开,就像小时候父亲的远行,待到回来时,岁月和我们都开了个巨大的小差。

五十岁之前,他意气风发,敢找全世界的茬儿。

五十岁之后,他发现一口气上七楼需要在五楼停一下。

我印象里他老是青筋高挑,开口就是:"你特么信不信我剁了你?"

我以为他老了,时间驯服了他,也驯服了他的脾气,其实才不是。大四的实习期,我赚了一点钱。放假回去赶上他过生日,就给他买了一双新鞋。我买的时候没注意,回去后发现这鞋底有些磨损,他就自己去找店员换。店员说这个样式的就剩下这么一款了,换不了,要换只能换同价格的别的款。

他就要店员从别的店里调,没有就从外地调。店员嫌麻烦,不肯调。他说着说着就和人家吵了起来,吵得特别凶,引来好多人围观。

我赶到鞋店门口气得直喘,不分青红皂白地问:"都这么大岁数了,有什么事不能好好说吗?你怎么和谁都吵啊?你还当这是咱家啊,都让着你?"

他嗓门飙得老高说:"别的样式我都不要,我就要你给我买的那个,就要那个。"

我愣了几秒,像哄孩子一样把他哄出来。摸着他的脾气往下顺,我说:"爸啊,别生气,要不我再添点钱,咱买双更好一点的好不?"老头看了我一眼说:"嗯,也行。那你再给我好好挑挑。"

那好像是我第一次给他花钱,他那么认真,居然显露出一点孩子般的幼稚,一共五百多块钱的鞋,至今几乎还是崭新的。

我打算来南方工作的时候,他并不是很情愿我走这么远,但嘴上还是说:"你爱去哪儿就去哪儿,没人管你。"然后悄悄地在我上衣口袋里塞上几千块钱。这几千块"救命钱"我一直封着口,好好保存着,想将来能让这个信封厚上一倍,再骄傲地还给父亲。

可是后来一次意外失误,我的预算超支,不得不花掉这个"信封"。那个月过得狼狈极了。我啃着馒头、咸菜,看着我爸塞给我的那个已经空了的信封,忽然明白,在我自认为很凶猛,要甩开膀子和这个世界搏斗的时候,他早就用这样的方式,原谅了我的幼稚。

大学的时候兼职过,也实习过,以为这就算工作了,没什么了不起,可真正闯到了职场以后,才发现根本不是那么回事。以前因为是学生,哪怕做错事,也能拿着这身份去当挡箭牌,因为有理由稚嫩,有理由莽撞,就有理由在一次次的错误中收着全世界的安慰,再全身而退。

年轻的时候,容易沾沾自喜,容易得意忘形。需要被这世界扇几个嘴巴,才能清醒一点,去看待自己的缺点与惰性。这个展开的信封,真的就像有话要说一样,让我忽然想起我爸和我说过的一些话。

他和我说:"孤独的人可以是一个个体,也可以成为一面旗帜。"

他和我说:"做一件事,时间久了,才能看出差别,喜欢一个人也是这个道理。"

他还和我说:"人不能什么东西都想要,求仁得仁实在是奢佟。失去这件事不会让你强大,你要做的是必须明白,你为什么会失去。"

当初他给我的那些说教套词,最近几年反复地出现在我脑海里,并且不断地被现实论证着。

我知道他不喜欢我在这种一线城市里过着属于自己的三线人生,但是他还是在整理我的书架,擦拭我的奖杯,翻看有我文字的杂志时,冷静地鼓励我去过自己想过的生活。

特别累的时候,我和他说想出去走走。他说那就去吧,去看看,去体会体会。路上有许多好玩的东西,你看了,你就懂了。

我想起小时候摆弄着他的胶卷相机,看着他把一沓沓纸质照片从暗房里拿出来时激动的样子,他照着书上的字念给我说:"这个世界的许多角落里藏了很多的美好和幸福,你必须自己亲自去取,别人给不了你,你需要的是为之付出努力、汗水,还有时间。"

以前看过一部电视剧,叫《激情燃烧的岁月》,里面有一老头叫石光荣。我觉得和我爸特别像,脾气臭,蛮横,还不讲理。惹得妻子和自己吵吵闹闹一辈子,弄得三个孩子也没清静的时候。

我指着电视里的石光荣和我妈说:"你看像不像我爸?"我妈说:"他像不像我可不管,你可千万不能像你爸啊。"

我爸有很多缺点,他暴躁,酗酒,喝醉以后还耍酒疯,他还特别懒,洗衣、做饭统统不会,做错事也不承认,死要面子。

他这辈子也并不如意,但是他没有把那么多的压力交托给我,没期盼我大富大贵、光宗耀祖,也没有把我当成他人生的绝地反击。

我考什么样的大学,做什么样的工作,去哪个城市生活,喜欢什么样的姑娘他统统不管。他只希望我能成为一个好人,并且快乐,快乐而已。

我不吸烟,也不喜欢喝酒。就算喝了也不喜欢拉着人耍,而是找个地方刨个坑,自己睡觉。

每个人缓解压力的方式也都不一样,我喜欢家里多一些植物,多一些书,安安静静的,再有一个老唱片机配上一壶茶,那就太美了。

但我的确很像我爸爸,我也非常倔,也是直肠子,会因为相信一件事或一个人,昂着头和生活叫板,但我更像我自己,我是他的延续,却不是复制。

我爸今年已经五十五岁了,他走过了自己的一大半人生,因为自己的老实,着实吃了不少苦头。

但是他依然会主动去修理楼道的灯泡,会在路上帮环卫工人推一把垃圾车,会在广场舞的人群旁,一脸不屑地看着我妈,却又带着笑容。

他依旧不会说软话,不会表达自己的情感,嘘寒问暖到嘴边又咽了回去,把一句句问候,转变为生活里的细节。时不时跃跃欲试给你寄点东西,你不给他打电话,他就跑去给你充点话费提醒你一下。

但是他还是那副傲娇模样,喜欢打趣你,挖苦你,却又忍不住想要知道你的一切消息。

今天父亲节,我给他打电话的时候他问我书稿的事情。

我爸:"听说你在准备书稿?"

我:"是啊,怎么了?"

我爸:"你写我了吗?"

我:"没有,你想让我写你吗?"

我爸:"不想,可千万别写,你也写不好。"

我:"哎,你就不能鼓励我两句吗?"

我爸:"行啊,儿子啊,好好写快点写吧,村头厕所没纸了。"

我……

哎,我就知道。

(刘墨闻)

你往独处去

哪怕已经看到了彼岸,
哪怕听见了观众席上的鼓掌,
哪怕筋疲力尽很想入港,
可是当我知道那不是我要的岸时,
我还是掉头,往苦海里去。

我妈说，住我们前楼的老太太离婚了。

她少说也七十了，精瘦、苍白。夏天常穿一身水蓝色，像一团被晕开的蓝墨水。冬天罩着沉重的羽绒衣，每走一步都是种较量，不知是人撑起衣服，还是衣服把人拖垮。

喜欢在阳台上放越剧段落听，边修剪花草枝叶边轻声跟唱。她养一种不知名的粉色小花，专在盛夏里开，开起来满树披挂。花有五瓣，小而羞怯；花梗细长，如美人垂头。最特别的是，同一枝上开出的花有红有白，异常芬芳，是那种把夏日夜晚浓缩其中的甜香。

很多老太太喜欢逮住邻居打招呼，问晚饭吃了吗，前段时间去哪儿了，问怎么好久不见你太太。她不一样，哪怕在窄窄的石径上狭路相逢，也是互相点点头，不亲热，但也从不让你难堪。

她的丈夫，是个退役军人，虽然这么个称呼放在老人身上有些滑稽，可他真是个典型的"直男"啊。善喝酒，喜吆喝，时常呼朋唤友，在阳台上放声朗诵毛主席诗词。

黄昏时分，有年轻夫妻带小朋友出门散步，他一碰上，就把小孩子高高举过头顶转圈。

父母紧盯着那软软的一团，生怕稍有闪失，又抹不开面子，还要一迭声催促小朋友叫爷爷。这种其乐融融的困境，常是由她来点破的，她用手拍一下老头子的背："好啦，往前走。"

然后在他恼怒的眼神里，朝邻居点点头，这小幅度的举动，像一串密码，暗示了她早年的性情和教养。等到下一次碰见熟人，老头子像领导视察一样大声问好时，她不做声，像少女一样默默盯着自己的脚尖。

这可能是周围居民都喜欢她的原因。

"老"是一个万能的托辞，当肉身拽着你飞快下沉时，人都能清醒地感知到在时光面前的衰朽和不堪一击。这种无力感，固然会引发"一樽还酹江月"的磊落感慨，但更多人选择了跟岁月撒泼，一屁股坐在地上，拒绝用不再硬朗的腿脚，跋涉到下一个目的地。

但凡有人稍稍抗议这行为不雅，她就拉扯住你的衣袖，历数少年时的桩桩委屈，盛年时的种种不易，把往事渲染成爬雪山、过草地、天若有情天亦老的澎湃画卷，逼得你承认，到了一个岁数，人就可以把规矩踏平成门槛。

就这样吧。还能怎么样呢？

我们都隐约感觉，他们和那些泼着嗓门闲聊的"老来伴"夫妻不一样，但究竟哪里不同，也没人认真追究。儿女也算出息，一家人都体面，接下来就等着八十岁摆寿宴切蛋糕为一生盖棺论定了，还能有什么变数呢？

年纪一到，再多不甘也该伴着软糯食物咽下了。我见过很多老年人，明明年轻时男耕女织，男的在外耕人家的责任田，女的在家织自己的遮羞布，仍然把不堪过往美化成了激情燃烧的岁月。明明只是搭伴过日子，连谁洗碗都要争执，仍然在金婚时哽咽不已说"下辈子如果我还记得你"。

这并非虚伪，沉没成本太高了，一辈子苦也苦过来了，忍也忍下来了，就索性骗自己说，我完成了自己满意的一生吧。

都看得到终点线了，何必再质疑最初是想游泳而不是赛田径呢。

可是老太太离婚了。净身出户,和子女断绝了关系,独自去租了一个小户型,过的日子和从前别无二致,就少了一个动辄摔杯子的老头子。

"那他们小孩子怎么讲?"我起身剥了个橘子,没挑好,酸涩的味道在口腔里弥漫开来,我皱着鼻子闭了闭眼。

"还能怎么讲啦,丢人死了呀。都在那边劝,要是实在吵不过,就跟着小孩子去住,大家避开就好嘛。拗不过老太太硬要离婚,她儿子气死了,跟我们抱怨说,不知道怎么就非要离,难道是还有老相好等着?"

我把咬了一口的橘子全数吐掉,冲进卫生间去漱口。

我妈在那端绘声绘色地给我讲后续,她说:"你爸爸听了惊骇死了,我就吓他,他要再那么忙,再过二十年我也闹离婚。"我捧场地大笑,假装没有听出,她花团锦簇的语气里,渗出来的幽微却真实的失落。

我离家已经两个月,爸爸辗转于各城市,她的闲暇时间是怎打发的，我没有问，也不敢问。她一贯地刚强，连生病做手术，都能自己签名找护工，过后轻描淡写一句带过。

只是上一次，我刚想挂断电话，就听那头传来清脆的琴键声，她说："你不在，钢琴都落满灰了，我索性跟着你的谱子自己练。"

我把手指从结束通话键上挪开，又同她扯东扯西好一会儿，却唯独不敢问一句："妈妈，你真的快乐吗？"

这问题太矫情又缺乏意义，不快乐又能怎么样呢？子女不添乱，丈夫能赚钱，不就是大多数人眼里的"岁月静好，现世安稳"了吗？那些收拾碗筷时没来由的怅惘，独自逛街时袭上来的寒意，甚至失眠到凌晨三点的懊丧，都是人生毫无益处的副产品，它们只该成群结队地侵袭诗人的笔尖，平凡人需要的，是不假思索的、浅尝辄止的快乐。

但毕竟有人不甘心，把"人生总该写首像样的诗"，误会成了"把人生活成一首像样的诗"，于是漏洞百出，于是自损八百，却让人在立冬的时节，触碰到了一点娇憨的暖意。

她的勇气是在哪儿攒成的呀？是默然盯着脚尖时吗？是在越剧《天仙配》的唱段里吗？是在那酿满甜香的花簇里吗？是要攒够多

少勇气,才能不计漫长一生的浩荡成本,不顾儿女的议论眼光,选择重新来过。

那不是放弃了一套房子或者一群儿女,而是放弃了给人生一个虚假的圆满句号的权利。

哪怕已经看到了彼岸,哪怕听见了观众席上的鼓掌,哪怕筋疲力尽很想入港,可是当我知道那不是我要的岸时,我还是掉头,往苦海里去。

(倪一宁)

一生只够爱一人

她在离去的时分,应当是安稳的。

她失去了他,在黑暗中孤独伫立,

却也不必再承受,不知哪一刻死亡会降临的恐惧。

那种惧怕,

啃噬了她生命最后几年,全部的辰光。

巨大的悲伤中,她平静下来,

知悉她耗尽所有力气抵抗先降临在她身上的死亡,

圆满地完成了这个艰难的使命,

将他平安送抵这一世的尽头,不负光阴不负卿。

七点，这个曾孕育父母生命的小县城开始焕发生机。

我站在楼下，看到殡仪馆的车驶进医院，知道他们是来接走外公的。

几分钟后，两个蓝布制服的工人抬着外公出来，十分吃力的模样。那是外公整具躯体的重量，是他饱经一世沧桑之后，沉甸甸的重量。外公身上又被罩上了一层袋子，袋口被严严实实地扎紧，我连外公身体的轮廓也看不清了。他仿佛变成了一件货物，被面无表情的人放进了车里。

工人们动作迅疾地上车，车很快又驶出了医院大门，留下一串噼里啪啦的鞭炮声。长辈们说，放鞭炮能驱走小鬼，并召唤外公的灵魂一同上路。

我们的车跟随在殡仪馆的车之后，一路将纸钱撒出窗外。那是古旧的习俗，死去的人得留下买路钱。彻骨的寒风将纷飞的纸钱和我的外公，都带走了。纸钱上土黄色的粉末刮到了我脸上，混着源源不绝的泪水，凝成了黄色的浆液。

似乎每一个冬季，都与我格格不入。我憎恨寒冷的天气，并固执地穿着单薄的衣服暗自较劲。

十月末的一个夜晚，尽管是初冬，但依旧让人手脚冰凉。刚从校外租住的小区搬回宿舍，还有些不习惯，狭小逼仄、灰尘密布的空间，让人透不过气。

关掉电脑上床的时候，我清晰地记得，那是凌晨一点。

半梦半醒，传来急促而有力的敲门声，蒙眬中也不知谁去应了门。有人用手撩开蚊帐，推搡着我，低沉地叫着我的名字。

带着残留的睡意，我从嗓子眼儿含糊地挤出两个字："谁啊？"

"外公去世了。"

弹簧般立身而起，被子从肩头滑落，猝不及防的冷空气让我浑身一颤。

"几点了?"

"三点。"

"现在怎么办?"

"马上回去。"

整座城市沉沉地睡着,均匀而安稳地呼吸。车辆疾驰在深夜的高速公路上,路灯刷刷掠过,晕成一条昏黄的线。世界并无任何异样,一片漆黑,只是有的夜来临后,有些人永远无法在天亮时醒来。

走入医院,时钟显示六点,天色微亮。

楼道里,病人陆陆续续起了床,在他人的搀扶之下,出来走动。四周都笼罩着一种新鲜却死寂的气息。一条长凳上,坐着些许时日未见的亲人,我看了看离他们最近的那扇门,知道外公就在里面。

"别看了,都弄好了。"

都赶来了,无论如何也要看一眼。

门吱吱呀呀地被推开,我看到了外公。他被从头到脚包裹了起来,双脚的位置,床底燃着一盏蜡烛,烛油缓缓地淌在带金属光泽的小碗里,烛影投在墙上,摇摇曳曳,仿佛是这个世界陪伴他的最后一束温暖。

蜡烛的光,会照亮外公去往另一个世界的路。

门再次被合上。

当我抵达殡仪馆的时候,外公已经从车里被抬出来。工人拿着大剪刀将尸袋利索地剪开,解开包裹在外公头脚的布,把他放进棺里。

我终于看到外公,跟三个月前的一样,睡觉时没戴假牙,嘴微微往里瘪,神情安详,像是沉浸在一场美梦里。似乎再过十分钟,就会醒过来,待保姆打一盆温水,漱口擦脸擦身子,然后坐在八仙桌前,挂上围腰,喝一碗糯米清粥,就着一小碟从黑黢黢的泡菜坛子里捞出的腌白菜。

他总说菜不够,让保姆把菜摆得满桌满席,却吃得越来越少,像个再也鼓不起风来、坏掉的风箱，嗡嗡都是空洞的回声。他热爱营造出丰饶的假象，像是儿孙绕膝，团聚和乐。但他们都在他去不了的大城市，做着他年轻时做的梦。

上次看望他，从家离开，我说"外公我走啦"，他没有表情，口水从嘴角流出来，保姆拿手绢擦掉。我凑近他耳朵，提高分贝，说："外公我走啦！"他微微将手抬起，噢，噢，走啦，走啦。我说，对，走啦走啦。他说，走啦走啦。我们像是彼此的回音，把最后的别离盘旋得格外悠长。

殡仪馆的工作人员，提着小箱子过来。先拿出银色的刮胡刀片，捏在两指间，将他嘴边与下巴不多的胡楂儿细细剔去。然后，抹上粉底，刷上腮红，涂上口红，外公苍白的脸颊与嘴唇有了一丝血色。棺盖被两人一头一尾抬起，盖上。我听见小时候楼下因有人去世而搭起的棚里，传出的哀伤沉重的调子。

外公与外婆的故事，一直是我心中的一部传奇。

记忆里，他们从来没有年轻过，他一直就是北方个头儿的南方老人，身姿挺拔，脚步矫健，整日戴着画家帽，挂着老花镜读书看报，温和慈祥。她一直就是那个瘦小的老太太，银白色短发齐整地挂在耳后，生着一张腹有诗书气自华的脸，眼睛细细的，某种玉石般,晶莹有光,微尖的下巴给人一种骄傲之感。

听大人说起,外婆本是大户人家的小姐,娇生富养,十指不沾阳春水,却偏偏爱上空有满腹才华、穷困潦倒的外公。她并非要跟家里作对,也不是没想过,找个门当户对的公子哥嫁了,但外公的出现,打破了原则,成为她的例外。

家里明确反对她的决定,外婆窝在被子里哭了一夜,不改初衷。次日清早,给曾外祖父磕了三个响头,收拾好随身衣物就要告辞。曾外祖母一路追到村口,也没追回她那颗去意已决的心,只得涕泪涟涟地从怀中掏出几样金银细软,交到外婆手中。末了,连一句想要交代她的像样的话,都抽泣着说不清。外婆紧紧握住曾外祖母颤抖的手,什么都没要,深深鞠了一躬,消失在了小路尽头。

刹那的决定就如将一页纸对折相粘,背面变成正面,无法翻盘。

十指不沾阳春水,今来为君做羹汤。

没有嫁妆,没有婚礼,外婆从此走入寻常烟火,拾起柴米油盐酱醋茶。一旦落入尘俗,她就完全没了大小姐的作态,里里外外都是一把好手。

等待她的生活,是在院落间,一处拥挤的小屋里,生下五个孩子,一个一个拉扯大,忍受夜里不间断的哭闹,在屋里横冲直撞、任何毒药都奈何不了的老鼠跟蟑螂,街坊四里的唠唠叨叨,还有停不下来喘口气就得去处置的繁重工作。

她是个会计,随时要保持头脑清醒,才能保证那些庞杂的数据不会出现任何差池。她是个母亲,物资匮乏的年代,她想尽法子让生活变得有滋味,让孩子们吃上些好东西。

而外公也不负她当初的决然,工作勤恳,能力出众,上司颇为赏识,很快便升职为银行的中层干部,拿着一份可观的薪水,家里的生活色调一点儿一点儿明亮起来。

"文革"来了,偏安一隅的小县城没闹起太大的风浪,但他们还是双双被派到邻县的五七干校学习。小的孩子带在身边,大的孩子留在家中自己活命,实在顾不过来,就托给远房亲戚照料几个月,可怜那远房亲戚又是个驼背老太太,比不得正常人。生活周转起来,左支右绌,丑态百出,总归是连拖带拽,把一家人一个不落地拉进明天。

中间那漫长流逝的年月,于我而言,绝大多数都是空白,我亲眼所见的，已是他们逐渐走向衰朽的尾声。

第一次到外婆家，因为遥远颠簸，我一路晕车，面如土色。

一位老人打开门，立领盘扣紫红上衣，洗得极净，熨得极展，散发着肥皂的淡淡清香。她蹲下将我一把抱起，嘴里念叨着："唉哟，乖乖，终于回来咯。"然后我"哇"的一声，吐了她一身。外公就在她身后，咧着嘴笑，接过母亲手里的大小物什，去烫一根热毛巾来给母亲擦脸。

我每年固定在两个时间回家看她，暑假跟寒假。相比成堆的暑期作业，我更期待寒假。那时候的春节还保留着传统的生趣，挨家挨户地拜年，鞭炮爆竹随处放，到哪儿都有压岁钱拿，大年初一撵在大人屁股后去寺庙里烧高香。

最令孩子雀跃的是，这个时点，会有些平日里吃不到的好东西。

外婆必定亲自操持年货的置办，去相熟的肉贩子手里买回上等的猪肉，肥瘦三七开，用调料拌匀。她对味道的拿捏总是恰到好处，不用尝咸淡，就无比精准。

轻微的洁癖，使得她清洗肠衣的时候，格外专注，她知道加入小苏打，会将肠衣洗得更加干净。外婆熟练地掌握着灌香肠的手艺，从她手里灌出来的香肠，两头打着漂亮的结，中间饱满得像婴儿的手臂，肥肥壮壮的，看着就想咬一口。

而我最喜欢的，是跟着她去县城的郊野熏香肠，那时香肠已经在户外晾了三五天。外婆搬来一只大铁桶，在下面把火升起来，我就帮忙把柏树枝、干橘皮都放进去。柏树枝会腾起浓稠的白烟，很呛人，我每每都是把树枝往里一撒，就跑出老远瞧着。但经过了这一道工序之后的香肠，特别香，香气就快冲到天灵盖。等到火气消散，我能一个人吃完一整节，吃完欢天喜地再把所有指头吮一遍。

因为我爱吃，这成了她每年绝不食言的许诺。但后来，她再也没办法亲手做，便坐在一旁，督促着保姆完成每一道烦琐的程序。

一切都是对的，就是味道不对了，外婆独自在角落叹气。

最后那几年光景，生活的困难变得非常具体。

两个八十来岁的老人，一个失去自理能力，另一个也疾病缠身，却又想事事亲力亲为。

虽是雇了保姆，但无论洗衣做饭，都远不及自己的标准。上了岁数的人，许多都会遭遇这样的困境，自己锤炼一生的生活法则，不得不为一个非亲非故的人而妥协一部分。怕人家说走就走，撂下摊子不干，嘴上拗着劲儿顺着来，夸着哄着。

生活变得如此单调，而她骨子里也并非一个热情洋溢的人。外公晚年又患上老年忧郁症，一辈子的精气神儿没了，眼睛已不再像前几年那样，放出矍铄的光。两人常对坐无言，一个整天，连着另一个整天。

而这种活着的陪伴对于他们而言却又如此珍贵，缺失不得。

年龄一大，就免不了跟疾病打交道。不管是外公还是外婆，每一次入院，熬过最艰险的病情，出院之后的两人，满头星霜，十指相扣，流动着劫后余生的况味，仿佛又闯过了一次生离死别。

日子浅淡又苦涩，仿佛剩下的都是枯朽，那欢愉都得到从前的辉煌里去榨。极易理解，许多人到了晚年开始信佛，他们从宗教中获取慰藉与开解，顺天应命，摆脱生之末梢的折磨。

外公最后住院的期间，儿女们担心外婆身体扛不住，轮班值守照料，每夜都送她回家休息。但人对死亡往往有种奇异的预感，外公离世那夜,她便整夜睡不着,魂不守舍,瞪着天花板挨到天亮时分,等来了噩耗。

跳动的尘埃落定在生之终点,向岁月缴械投降。

外婆一生操劳,落下了满身病。

按姨父的话说,外婆的身子早就抵不住这些经年累月的病痛。这么多年,她实在不放心把外公交给别人照顾,一直用顽强的信念撑着,直到安然看见外公走在她前面。绷住的意志一松懈,死神便一把扼住了她的喉。

当初义无反顾做了抉择,日后吃透了苦,受够了罪,也没什么好抱怨的。

俩人从二十出头的花样年华开始,摸爬滚打并肩作战了半个多世纪,在每次"大敌"入侵的关头,同仇敌忾,情感的浓度早就稠过了爱。

得知外婆的死讯仅仅在两个月之后,平安夜,我在滨江路上的自助餐厅接到母亲打来的电话。旁边的混血小孩儿,不消停地哇哇叫,挥手就把一杯红酒打翻在地。教堂里虔诚的歌声,伴着外婆的灵魂上了天,她不再留恋地,转身走向永恒的长夜。

我风风火火往回赶,等待我的仅有一只方方正正的小匣子。这让她的去世对我而言,始终有一种失真感。他们伫立在夜之将至的黑暗里,向着对岸的世界无可阻挡地走去,而我没有任何能力,将他们留下。

外婆与外公合葬了,彼此搀扶着,磕磕绊绊地,走完了人生。跨越阶级与门户,他们今生最大的愿望,便是不要失散。

也许对于儿女而言,是种残酷的剥夺;而对于外婆来说,却不失为如愿。

阴阳先生在墓碑前进行着下葬的仪式,神秘、肃穆。我转过身,看到墓园里黑压压的墓碑,倏然觉得生死之间,不过一堵门的距离。那上面一笔一画刻着陌生的名字和他们的生卒年份,每一块墓碑之下,曾经生龙活虎的人化为一堆粉末和细小的骨头,他们一生的所有荣誉、苦痛、欢乐、悲伤都蕴藏其中了。

敬香烧纸,烟雾缭绕,火光太旺,吞噬了纸钱,映红了墓碑,一道无形的屏障,将撕心裂肺隔在了尘世的这一头,挽不回命运的脚步。

回到外婆家,正屋内外公的遗像旁,多了外婆。那是两张年轻时候的脸,清秀英武,还未被世事摧折。

儿孙们将这套不大的房子挤了个水泄不通,此刻的表象繁荣是如此虚妄,明日一散,不知何日能再会。

我想起过去的春节,一大家子人聚齐时,到处都洋溢着热络的气氛,和和睦睦,喜喜气气。

我是家里这一辈最小的孩子,也理所当然成了大人们宠爱的对象。小孩子总是人来疯,人一多就来了展示欲,在大家的起哄声中表演各式各样的节目,以换取满屋的掌声与赞许。

我们将枣红色的皮沙发围拢来,像围起高高的城墙,买一袋零食,躺在里面看每个暑假都不厌其烦地重播的电视连续剧,《西游记》《新白娘子传奇》《还珠格格》。我们把家里的首饰都翻出来,一件一件横平竖直摆在地上,模仿街边的套圈游戏,看谁赢得多。过年领压岁钱,按古风,要先给外婆外公磕头,那时我还默默讨厌这种看起来封建不堪的习俗。

有一年外婆的生日,我们几兄妹一齐上街给她挑礼物买蛋糕,最后买回了一个摆件。一对头发花白面容慈祥的老人坐在一轮弯月上,安享晚年。手指轻触月亮,老人便会悠悠然然地摇起来。

物是人非,时间像小时候玩过的石磨,碾碎了过往。

深夜,我执意要留在老房子里。

以前看灵异故事,讲到有人去世的屋子里,故人魂魄重归,等等。但至亲的离开,反倒让我觉得不再害怕,希望他们能回来,不论何种形式。如果死亡是善良的,那一定有回归的路。

烛光摇曳,我静静坐在堂屋中间,痴望着烛影思考死亡,想起外公离开后,外婆最后的两个月。

那六十天,寄命尘世,一定夜夜难眠,孤寂苦涩,残梦不断被惊扰。外公的存在,像是最肥沃的土壤,最温暖的季节,她要扎根其中,生长其间,才能花繁叶茂。听说,即使外公在世,她有时半夜惊醒,也会下意识地用手指,去感受他的鼻息。她是如此惊惶,害怕他会离去,而当他离去,她又是如何了无牵挂,卸下心中的一块大石。

外婆是正午坐在椅子上就突然往下滑的,送到医院,很快就不行了。如一朵凋敝的花,无力支撑,无力坚强,于是崩解开来,花瓣片片坠落，寂灭在空气里，再也无法重新组合。

那又何必等回归，将他们苦留在这片烟尘之地。

马达加斯加人相信，死亡是生命在彼岸的开始，应当给予庆贺。

半年后，我再次回到了老屋。

所有的家具都被罩上了隔尘布，柜子里的东西几乎被清空，外公外婆常睡的那间屋上了锁。冷清而寂寥，四处散发着一股了无人气的萧瑟感。它是那样悲伤，一副被遗弃的模样，保留着人们离开时，最基本的陈设。建筑的温度本源于人的温度，人一走，建筑也就回归了它天然的冰冷质地。

我尝试着从这个空间里检索十年前的记忆，物证人证的双重缺失，使得回忆显得苍白无力，而内心却因一切都尘埃落定而感到平顺。

此刻却突然教我领悟到，我对外婆的理解或许并非正解。

她在离去的时分，应当是安稳的。她失去了他，在黑暗中孤独伫立,却也不必再承受,不知哪一刻死亡会降临的恐惧。那种惧怕,啮噬了她生命最后几年,全部的辰光。

    巨大的悲伤中,她平静下来,知悉她耗尽所有力气抵抗先降临在她身上的死亡,圆满地完成了这个艰难的使命,将他平安送抵这一世的尽头,不负光阴不负卿。

(羊乃书)

你不用回来

我同样不知道,

是不是所有的父母其实都会面临这样的选择。

又有多少父母,

都过着这样的日子。

有段时间，我租住在一所大学的家属院里。两居的房子，只租得起次卧。但是主卧不知道为什么，一直没有人租，没有事儿的时候，我就跑到主卧去蹭电视看。

哈！哈！哈！中介实在是太贴心了！有线电视居然是交了钱的，只要不点付费电影，想看什么看什么。

后来晚上我干脆不回屋，就睡在主卧，唯一的遗憾是没有床，只能睡在沙发上。

有一天周末，在家正看得高兴，感觉头顶好像有什么东西滴下来。

伸手一摸，是水。

下雨了吧……我一边看电视一边想。

……等等,我住在三层啊!

我抬头一看,吓了一跳,天花板不知道什么时候已经洇了一块儿,一小片水渍正在慢慢扩大。我观看的工夫,一滴水又滴在我脸上。

我就偷看会儿电视,不至于这样吧?!

急匆匆冲出去,上楼,找到四楼那家,咚咚咚敲门。

门开了。我正打算鼓足气势喊一嗓子,发现开门的是位老大爷。

您家……我一时不知道说什么。

你住楼下吧,小伙子?大爷问我。

我点点头。不好意思啊……我这儿暖气有点儿漏水,已经给物业打电话了,他们还没来……大爷又说。

我仔细听了一下屋里的动静,感觉不像是"有点儿"漏水。"您让我看一眼吧。"我说。

老人带我进屋，走到卧室。

果然，靠墙一个暖气片的阀门被冲开了，正呼呼往外喷水，和浇花一样。

卧室流了一地的水，床底都泡在里面。我傻站在门口，一句话都说不出来……这就是有点儿漏水！有点儿漏水！我晚来十分钟，估计这会儿已经被天花板砸死了。

"我就想，放一放气……"老人手里拿着一个螺帽一样的东西，茫然地说。看样子他是把水阀整个拧了下来。

我也不会修暖气，只好又给物业打了个电话，催他们赶紧关全楼的总阀。

然后投身于这场抗洪战争里。

抹布、拖把、窗帘、不要的衣服……能用的全用上，拼命吸掉地板上的水。老大爷的腰似乎不太好，弯不下去。我就拿着窗帘，跪在地上爬啊爬。

过了十分钟，快要绝望的时候，喷泉突然停了。

物业带着两个人噔噔跑上来,查明了原因,一个人去修阀门,剩下的人……继续抗洪。

整整折腾了半个小时,才终于把卧室的水全部吸干净。接下来是重新上水,观察阀门,确定不会再漏。物业看是老人,也没说什么,简单交代了几句就走了。

我坐在客厅的沙发上,全身湿漉漉的,发愣。

老大爷收拾了一下卧室,走出来,倒了一杯水给我。

"谢谢你啊,小伙子。"他说。

"你那屋子……"他又说。

"没事儿。"我摇摇头,说,"过两天就干了,反正那间屋也没人住。"

"租的房子?"老人问。

我点头。

"真是不好意思……"大爷慢慢在我对面坐下,看着自己的手苦笑。

"以前都是我老伴管这些的，"他接着说，"她今年春天走了。我还心说这有什么难的，结果搞出这么大娄子……"

我忽然找不出话说。

"您的子女呢？"我想了想，问。

"就一个儿子。"说到孩子，老人脸上一下有了光，"在国外呢！美国，纽约，去了几年了。"

"你去过美国吗？"老人问我。

"没去过。"我赶紧摇头。

"年轻人，还是应该多出去看看。"老人说。

"……我也得有钱啊！"

老大爷好像来了精神，非要找出他儿子在纽约拍的照片拿给我看。

为了免遭羞辱,我就说我得回家换衣服,先走一步,再有事儿的话,他可以随时到楼下找我。

"哎,好,好。"老大爷站在通往卧室的路上,慢慢点头。我起身,走到门口,正要开门,忽然一个声音喊起来:"儿子!"

我一愣。还没反应过来,这个声音又喊一遍:"儿子!"我循着声音转头一看,厨房阳台上,一只巴掌大的鸟站在笼子里,正耀武扬威地看着我。羽毛是黑的,翅膀下头有两块儿白斑,这好像是只八哥呀!

看我转过头来,八哥似乎很得意,继续喊:"儿子!儿子!"

……妈的,无法无天了是吧?!

我撸起袖子准备和它干架,老大爷已经一嗓子喊了过去:"瞎叫什么你!"

八哥立刻闭上嘴不说话了。

我眨眨眼,感觉和看戏一样。

"这傻鸟。"老大爷走过去瞪着八哥,说,"人来疯!教它说那么些话，就学会这一个词儿。"

"……您都教它些什么啊！"我问，"您养多久了？"

"两年多啦。"老大爷似乎很骄傲，"挺听话的一小鸟，就是学话学得慢。"

"唉，也赖我。"老大爷又说，"没事儿的时候吧，就想和它说说话，可能说得多了，它就给记住了。"

我愣了愣，忽然觉得内心复杂。

和老人道了别，下楼回家。主卧天花板还在滴水。我拿了个盆接着，坐在一边看，一直看到水不滴了，还坐着。

"唉，人生啊……"我大声叹了一句，起身换衣服。

然后踩到地上的水，脸朝下狠狠摔了一跤。

……妈的，真够疼的。

过了两天，我去楼下的菜市场买菜。哈！哈！哈！家属院的菜市场就是好，菜特别便宜，十块钱就能吃一顿，每次我都感动得热泪盈眶。

挑菜的时候，听到旁边两个老大妈在聊天。"你说那个孙老头儿啊？"其中一个大声说，"嘿，谁还不知道他呀，儿子出国了，自己一个人过，也不和人来往。你说搭个话吧，动不动就说他儿子在美国，怎么怎么好，好你倒是跟着去呀！"

"是啊。"另一位搭话，"养了个八哥，老出来溜，自己还和鸟说话呢，这日子过的，唉……"

说完两个人一起叹气。"要我说啊，孩子就是在身边儿好！"老大妈又说，"我们家就这样，出点儿事，都能互相照应不是？"

"对对对！"旁边一位继续搭话，"还是这样好。你说得对！"

我一声不吭，选了几个西红柿，心里说，对个屁。

买完菜上楼，刚过二楼拐角，看到一个身影在我房门口站着。我转过去，他正转身要上楼。

"大爷！"我认出了是谁。

老大爷回头咧嘴一笑。"回来啦？"他说。

"您找我？"我问。

老大爷反而有些不好意思。"你年轻，电脑懂得多吗？"他又说，"昨天我家刚开了网，结果吧，上不去，我也看不懂这些，想问问你。"

我连声应着，也没开门，拎着菜跟他上楼。

上网的事儿很容易就搞定了。老人高高兴兴看着我忙活，连上网之后，又托我帮他注册了一个邮箱，接着眯起眼睛，把邮箱地址敲在手机里，短信给他儿子发了过去。

"我儿子说，这样我就能收他传给我的照片了？"老人问。

我点头，一点点告诉他怎么收邮件，怎么下载附件，怎么在电脑上看照片。

老人笑得眼弯起来，认真记在一个小本本上。

弄完这些已经是中午，老人非要留我吃饭。正好我还带着菜，干脆在他家做了顿饭。

八哥在厨房看着我做饭,很开心地喊我儿子。

……你等着,回头我再跟你算账。

老人似乎兴致很高,吃完饭又留我喝茶,说是儿子从美国寄回来的。

"美国人还挺厉害,"他一边往外拿茶一边说,"喝茶就喝茶吧,还得磨碎了,包在小包里。你说这得多麻烦哪。"

我附和着点头,帮他在两个杯子里分别泡上茶。

老人喝口茶,喜滋滋地看卧室里的电脑。"这样好,这样好。"他说,"之前儿子给我传照片,都是什么彩信啊、微信啊,我哪懂那个?电脑方便,方便。"

"他回来得多吗?"我随口问。

"不多。"老人摇头,"回来干什么,他工作忙,我自己又不是过不了。"

"您之前说,阿姨走了……"

我顺嘴跑出来这么一句话。说完就后悔了,操,我怎么说了个这?!

老人倒没有介意。"走啦,走啦。"他说,"本来到北京来,说是享福的,也没享两年。"

"您是后来过来的?"我又问。

"对,对,后来过来的。"老人说,"不想来,这不是孩子当初留在北京,工作稳定了,还买了房子,就是没结婚。我说我们俩来了,你拖家带口的,谁家姑娘看得上你?他说这都是啥话,就把我和他妈接来了。"

老人又看看卧室,笑了笑,"挺好,挺好。"他说。

"结果呢,"他又说,"我们来倒是来了,住了一年多,他又拿到一个工作机会,说能去美国。"

我听着,没说话。

"我心说去就去吧!"老大爷说,"孩子出息了,我这当家长的，应该高兴是不是？"

"算算他这出去一趟，也快三年了……"老大爷深吸一口气，接着说，"一年差不多回来一次，都赶在十二月底，说是圣诞节，那边放长假。这节你们年轻人是不是都过？我也不懂，反正能每年回来一趟，就挺好。"

"挺好。"老人又重复一遍。

我还是没说话，低头喝茶。

"后来吧……他妈就有点儿……怎么说呢，有点儿老年痴呆了。"老大爷继续说，"平时还行，就是有时候犯病，出去找不着路。

"我要是不在家，就把门锁起来，不让她出门。

"孩子听说了，也担心，就说要回来。我说你回来干什么？回来也得上班，一样帮不上忙，你老爷子身体好着，还看不住你妈？不用你回来，你好好工作，照顾好自己就行了。

"你说是不是？"老大爷问我。

我只能用力点头。

"结果今年年初,老太太就走了。"老人叹口气说。

"……挺急的病。谁也没等,自己就走了。"老人苦笑着摇摇头,"孩子都没来得及见最后一面……他回来办了葬礼,又说打算回来,我就急了。

"他那边工作好好的,回来就得从头开始,这些我能不明白?我都一个老头子了,吃得下,睡得香,能有什么事儿?自己一个人,也清净。"

"孩子又说,等他拿到什么,绿卡?接我过去。"老人又说,"你说我一辈子没出过国,在这北京有时候都迷路,美国人说英语,我也不会说,出去不还是添乱吗?……再说了,我也舍不得我这八哥啊。"

他回头看了一眼阳台上的八哥。八哥正在笼子里上蹿下跳。

"一来北京就养它了。"老人笑笑,说,"老太太好静,不让我养,我不管那些。在家那边我还能出去找人聊天,在这儿谁和我说话?天天和她说?我就得养个能学话的,我说,它也说。"

"走不了。"老人说,"为了这八哥,也走不了。反正再过几年,老头子也入土了,总不能葬在美国吧?"

"您别这么想……"我赶紧说。

老大爷摆摆手:"人啊,早晚都是那点儿事。我就想着,自己这两年,老伴儿是送走了,接下来就是送这小八哥。我倒不是不想出去看看,看看儿子过得怎么样,有没有人给他使绊子。可我要出去了,这八哥谁给我养?怎么也得等它活完了,到时候想出去,再出去吧……"

"真不用我儿子回来。"老人看着八哥,一脸平静,"老头子活得好。"

我完全不知道该怎么回话,只好也看看阳台上的八哥。八哥玩儿够了,脸冲我们一转,又开始叫:"儿子!儿子!"

我呆呆地看着它。八哥自己叫了一通,突然话锋一转。

"你不用回来!不用回来!"它喊,"好着!好着呢!"

我忽然鼻子一酸。

不行，不能再待下去了。我两三口喝完了茶，说下午要出门，迅速和老人告别。

老人送我到门口。八哥冲着我们不停地叫。

"不用回来！好着！好着！"它喊。

门一关，眼泪差点冲出眼眶。

……真的好着吗？我想问。

之后一段时间，我保持在家写稿、很少出门的日子。

反正穷得什么也没有，也没什么地方可以去。

有时候从菜市场回来，能碰见老大爷，也就是问一问八哥怎么样，老人说它活得很滋润。

又过快半年，有天忽然有人敲门。

老大爷站在门口，问我会不会收拾电脑，他的电脑最近老是自己关机。

"不想麻烦你。"老人一边跟我上楼一边说,"就是实在搞不明白那东西。"

我急忙说没事儿,不麻烦。到楼上老人家,看了下电脑是什么毛病,花了十来分钟,搞定。

我还要赶稿,没有久留。出门时候习惯性地看了厨房阳台一眼,一下站住,揉揉眼,又看一眼。咦,笼子里的鸟好像小了一圈!

"大爷,您这鸟是不是缩水了?"我问。

老人笑起来:"没缩水!新养的。"

"……那以前那只?"我又问。

"死啦……"老人慢慢说,"不知道是什么病,这些小东西,比人还娇贵。早晨起来一看,已经不动了……"

"家里一下没了个说话的,不习惯。"老人又说,"想想说,还是再养一只吧。"

我没说话,走到阳台上,伸手逗了逗鸟笼的新主人。

这只小八哥胆子似乎小很多,一下跳开,站到高处的架子上。它抖抖羽毛,张口喊:"回来!回……回来!"

我手放在笼子上,一动不能动。

老人又笑笑:"养了才一个多月,这只笨,就学会了这俩字。"

我站着,说不出话。忽然想到之前老人说,就算要出国,也得先送走那只八哥再说。现在估计又要等些年了吧?

三个月后,我找了份工作,搬出了这个家属院。没办法,再不找点活儿,估计就要饿死了。

搬家,收拾屋子,一个一个箱子打包好,一个一个送上搬家公司的车。

临走的时候和楼上的老人道别。老人没说什么,转身进屋,拿了一盒茶给我。

"美国茶我也喝不习惯,你拿走。"他说。

我收下茶,默默下楼。

那之后，我再也没有老人的消息。也不知道那只小八哥，是不是一样活得滋润。

我同样不知道，是不是所有的父母其实都会面临这样的选择。又有多少父母，都过着这样的日子。

很长一段时间，我脑子里都是第一只八哥学舌的那些话。"你不用回来，不用回来""好着，好着呢"。

(烟波人长安)

浪子

我想告诉天下每一个浪子,

请你回头看看。

看看你的老母亲,

看看你的前半生。

我最终还是娶了一个我妈给我介绍的女人。

她身高一米六零，体重一百四十斤。俩大脸蛋子总是隐隐地泛着红光，笑容就像早些时候的贫农一样敦厚。她不太会说普通话，只会说她老家那儿乡音极重的方言。无论春夏秋冬永远爱穿一条宽松的黑色长裤。跟我结婚之前她从来没穿过高跟鞋和裙子，也不知道粉底是什么东西，洗完脸最多往脸上擦点儿蛇油膏。

她是个朴实直率的女人，没念过什么书，却也知道敢爱敢恨。只要我不在外面乱搞，她就会一辈子老老实实地给我做饭洗衣生孩子。但是如果我干了什么坏事，吵架时她也能顺畅地骂出声来。

不过，洞房花烛夜时我知道了二十六岁的她还是个处女。这点倒让我挺满意。

昨天我妈跟我说她面相旺夫,是个过日子的女人,让我一定好好珍惜。我说我知道,然后笑了笑。

我已经再也不想忤逆我妈的任何一句话了。

小时候啊,家门口路过一个算命的老先生,他看了看我的面相,然后告诉我妈,这孩子以后是个武将。要么揭竿而起,要么恶贯满盈。

他算得不准。

如今我在一个闭塞缓慢的小县城里安安稳稳地生活着,住在一栋我爸妈攒了一辈子的钱给我买的80平方米的楼房里,每天骑着自行车规规矩矩地上班,月底拿两千五百块的工资。交给我的胖媳妇两千,剩下的五百我自己买烟抽或者偶尔请同事们吃饭。

很多个夜深人静的时候,我的胖媳妇打着呼噜睡得很香,我就会给她掖好被角,然后起来去阳台上抽根烟。夜色静谧,远处有零星的霓虹闪烁。我都会想起我那个好看的前女友。不知道此时她睡在谁的床上,身边的男人对她怎么样。

其实,我的前二十八年,也挺浪的。

上小学的时候,我家里穷,我个儿也矮。我们班里有个家里卖橘子的小男孩儿,仗着自己有俩臭钱儿,看不起我。我心里一直讨厌他,但也没说什么。可是有一次他故意推倒了我,那一刻,我心里沉睡着的小兽被唤醒了。

我红着眼睛疯了一样向他冲过去,他被吓到了,然后我给了他狠狠的一顿胖揍。

从那天以后,我知道了武力的重要性。之后的二十多年,我靠着拳头征服了无数我看不顺眼的小兔崽子。

刚上初中不到一个月,我就统领了学校里的"黑帮势力",整天带着我那帮小兄弟耀武扬威。

初二的时候,班里转来一个城里的小姑娘,长得贼好看。我看见她的第一眼,就知道自己情窦初开了。当时虽然有很多男孩子都喜欢她,但是他们都太尿,丝毫对我构不成威胁。

其实我长得挺有男子气概的,剑眉星目,加上我从小学就一直喜欢锻炼,所以体格匀称,穿什么衣服都好看。我对那小姑娘献殷勤献了两个礼拜后,她就被我拿下了。

在一个月明星稀的晚上,我带着她一起逃了晚自习去操场上散步。那晚我第一次拉了她的手。她的手绵绵的,特别温暖,特别小,柔弱无骨,让人忍不住怜爱。

可是还没来得及继续深入探究探究那小姑娘,我就出事了。

隔壁初中的一个男生打了我的一个小弟。

那天早上我带了两个兄弟埋伏在那个男生的家门口。我拿着一个麻袋,打算等那个男生出来以后用麻袋套住他的头,然后让兄弟们用乱棍打他。

结果那天那小兔崽子跟他妈一起出门。他看到了我们手里的麻袋和木棍,就开始喊人。我让我兄弟往楼下跑,我自己往楼上跑,到六楼的时候我看见他们家的人快追上来了。

我想,我一定得跑出去。

然后我一脚踩断了不知道谁家放在楼梯间的拖把,拿着拖把棍一路乱挥冲了下去,也不管有没有砸到谁,就那样不管不顾地跑了下去。最终我跑出来了,我那笨兄弟反倒被他们逮住了。他对那家人供出了我家的地址。

第二天,他们一大家子人来到我家。

那天,我和我爸妈正好不在。家里只有我十岁的妹妹和八岁的弟弟。听我妹说,那天家里的院门没关,他们一大群人就那么浩浩荡荡地走了进来,男女老少都有。其中为首的男人手里还拎着一块儿砖。

他问我妹:"杨大成呢?"

我妹说:"出去了。"

他问:"什么时候回来?"

我妹说:"不知道。"

然后他们一大群人就站在我家院子里等我。

后来我回来了。我还没进门的时候,我妹在家门口拦住我,告诉我有人要来打我,让我出去躲躲。

我说，没事，别怕。

我的傻妹妹啊，我惹的事儿，我要是躲了让你一小丫头顶着，我还有脸给你当哥吗？

那天的我，任由他们辱骂和拳打脚踢。有个老太婆甚至拿绳子勒我的脖子。有个男人举起砖头要砸我的头，我妹歇斯底里地哭喊着"不要"，声音很大。那个男人的砖头没有落下来，那一瞬间，我看着我妹，觉得心疼。

后来我爸回来了，我爸一直不太有出息，胆小怕事。那群人说要带我去派出所，我爸大概也是对我绝望了，他挥挥手让他们带我走。再后来我妈回来了，她死死地护住我，说她绝不允许有人欺负她的儿子。

那天下午，我妈和那群人唇枪舌剑了好久好久，双方的唾沫星子满天飞溅。

那件事后来怎么解决的我记不清了，我只记得我妈一直把我护在身后。我仰起头看了看天，残阳如血。

那群人最终没能带我去派出所，不过他们走的时候说："杨大成,你以后最好当心点儿。"我跟兄弟们每人买了一把长砍刀,打算要那小子的狗命。

结果还没来得及动手,我妈就在我的枕头下面发现了那把砍刀。那把刀被我妈埋在了外面的地里。

我不知道,埋那把刀的时候,她心里有多害怕这个儿子以后会因杀人放火而锒铛入狱。

然后我妈立刻四处求人,给他们塞厚厚的红包,给我转了学。转到我们那儿口碑还不错的二中。大概,我妈是想让那群好学生影响我,起码把我影响成一个不打架的学生吧。

可是转到二中以后,念了不到半年,我就因为聚众斗殴被学校开除了。我妈什么都没说,因为她不敢说什么。我脾气暴躁,她要是敢骂我,我一定会让这个家里不得安生。

她继续到处托关系花钱,给我转学,这次转到了一所乡下的初中。我在那儿又读了一年。住校。从那一年开始,我慢慢地知道了花钱的滋味有多爽。

后来中考我没考上,分差得很多,就算花钱也上不了。最后,我以前的兄弟帮我联系了一个体育生的名额,我爸妈很高兴,终于能给我买到一个上高中的名额。

然后,高中三年,我就一直做了体育生。当时我们学校旁边有座很高的山,每天早上,我们那群体育生兄弟都要快速上山两趟,然后环城跑两圈。我们每天下午都不上课,去操场一遍一遍地练习短跑、长跑、体操,以及各种力量训练。

现在想想,那段日子,是我青春里最有价值的了,那是我生命里朝阳初升的日子。

那时我几乎统领了我们学校的所有体育生,大家都叫我成哥。那个时候的我,请兄弟们吃饭一定得去当地最好的饭馆,抽烟也起码得抽黑兰州。

其实我爸妈都是农民,几乎每一分钱都得靠着两双手从土里刨,但是我不懂事。我可是成哥,我得要面子。我怎么能在小弟们面前露穷呢?

我喜欢半夜跟兄弟们翻墙出去撸串喝酒,喜欢在半夜里带着兄弟跟那个小县城里的小混混们火拼。喜欢听大家毕恭毕敬地叫我成哥。喜欢跟我妈说我上周拿走的两千块钱又被偷了。

当时我弟弟上初二,我弟弟是个特别乖的男生。有一次他们班里有个男生看我弟弟老实就欺负他,被我无意中知道了。

那天下午我带了二三十个壮汉,把欺负我弟弟的那个男生堵在了一个巷子里。其实我没怎么伤他,我们一圈人围着他,每个人手里拎把刀,不过我们没砍他,拿刀是为了吓唬他,我们只是用拳头收拾了他。

我们连着堵了那个男孩三天。他就辍学了,听说他打死都不来学校了。

我弟弟说,自从那事儿发生以后,他们全校的男生见了他都是笑容满面、礼让三分。

我虽然嘴里没说什么,但是心里挺得意的。后来到了高考,我没考上。我妈想让我复读,我打死都不复读。我跟她没日没夜地吵,战争愈演愈烈,在一个没有月亮的夜晚,我爸狠狠地打了我一巴掌,我举起拳头准备打他,但最终我还是放下了拳头。我跑了出去,离家出走了一个多月。我妈和我妹千方百计地找我,一直没找到。

其实那一个多月,我在我一"朋友"家的小煤窑里打工,每天吃东家吃剩的菜,每天从早到晚干最苦的活儿,最后还被克扣了工资。

这些事儿我从来没跟家里提过,我觉得自己是英雄。英雄选择的路,再苦再难,也得咬着牙不后悔地走完。就在我妈快要放弃让我复读的念头,准备等我回来就让我去社会上打工的时候,我联系到一个警察学院的入学名额,只要交钱就能上,听说毕业了以后拿到警官证,就能当警察。我妈自然很高兴啊,满心欢喜地拿了钱就把我送进了那个警察学院。

我在那个学院里念了一年时间。我学会了去健身房,学会了请兄弟们去KTV里通宵,学会了吃很多高档的菜,唯独没学会,珍惜父母的血汗钱。

那一年我不知道自己花了多少钱。后来我妹告诉我说,那时家里为了供得起我,已经卖了好几头正值壮年的奶牛。每次我一开口要钱,我妈心里就咯噔咯噔地害怕。因为我的口一张,通常都是几千。那几千块钱,我爸我妈要在地里弯多少次腰,要送掉多少斤牛奶才能挣得来,我从来都不考虑。我只是快活地享受我的青春。

我妹还说,那时我妈为了能多挣点儿钱,只要有人订牛奶,我妈就给送。不管是六楼还是七楼,也不管奶户家有多远,她每天凌晨四点就起来，骑着自行车，挨家挨户地给奶户们送牛奶。很多时候，我妈好不容易爬到六楼，把牛奶刚递给他们，还没来得及转身，他们就迅速地"啪"一声关上了门。

很多个冬夜里，寒风刺骨，我妈骑着自行车送牛奶，都差点儿被喝醉酒的大车司机给撞了。

在警察学院念了一年以后，我不想念了。因为我发现原来班里的学生都是有后门的，他们一毕业就稳稳地有好工作等着，而我自己一毕业什么都没有。

于是，我爸妈只好决定送我去当兵。我们那儿当兵也不是随便就能当的。我爸妈再一次费了很大的周折，才终于把我送上了去新疆当兵的火车。走的那天是我爸和我妹妹送的我，因为我妈得去送牛奶。

在新疆当兵一年多以后，我又不想当了。那儿太苦了，冬天雪下得半人厚，还得干很苦的活，晚上还得站岗。我得了重感冒。我打电话回去的时候，我妈一听我感冒着的嗓子，心疼得受不了，然后又托人，费了好大劲儿，才把我从新疆调到了青岛。

到了青岛以后，我被分配进了一个干休所。我妈终于放下了心，以为这下我终于可以安心舒服地当兵了。

我的确心满意足了两年，可是后来我又不想在那儿待了，因为干休所里工资不高，除去吃穿用度，每个月只有两千，而我交了个大学生女朋友。

她是个好看的姑娘。而且很会穿衣打扮，一点儿都不俗气。她如瀑的长发披在肩头，就像春天刚发芽的柳树一样美丽。她的皮肤很光滑，胸脯白皙柔软，在床上的时候，我最爱一遍一遍地抚摸她的身体，她身上淡淡的体香和那娇弱妩媚的呻吟总是能轻易就让我全身血脉贲张。

那时候我想给我的女朋友最好的，我每个月挣两千，我会给她打过去一千，剩下的一千还债和给自己买衣服。当然，从小到大，我屁股上的烂账就没理清过。而且她是大学生，我不想让她同学看到她男朋友穿衣没有品位，于是我也给自己买高档的衣服和鞋。每逢节日的时候，我也都会给她买很贵重的礼物。有时候自己手头紧，我就给家里打电话，用各种借口委婉地暗示让他们给我打钱。他们心疼我，每次我开口要两千，他们起码会打过来三千。

我欠的债越来越多。那时我想挣很多很多钱，我觉得我欠那么多债都是因为我待在这个小小的干休所里挣得太少,这太委屈我了。我不该是一辈子窝在这儿的人。

所以后来,尽管我妈歇斯底里地生气和哭喊,甚至以命要挟,我也还是擅自从部队里出来了。我给自己办理了复员。我没理我妈,我想,燕雀安知鸿鹄之志?

走进社会的那一刻,我的心里充满了神圣感和骄傲感,我终于脱离我妈的束缚了。我终于能施展自己的本领了。我觉得我一定前途不可限量。

但是,摸爬滚打了两年。我还在自己租的地下室里每天吃泡面。我已经瘦得皮包骨头了。不过,不管多难,我都坚持每个月给我女朋友打过去一千块钱。只是那时候我跟家里彻底决裂了,所以节日的时候也没脸再跟我爸妈要钱给她买礼物了。

二十八岁那年,我用命去疼的那个姑娘,还是离开了我。我不怨她,我知道,两个人有多少缘分,走多少路。

其实她是个好姑娘。我知道她喜欢会弹吉他、会唱歌的男孩子,她爱画画、爱看书,可是我五音不全,不会唱她爱听的《董小姐》。我从小到大没听过一节语文课,我不爱看什么鲁迅、史铁生，我只爱在健身房里挥汗如雨，而且我的银行卡上一分钱都没有。

我们谈了三年异地恋，到最后的时候，我们已经没有任何共同语言了。每周一次的例行电话，不用开口我们就知道对方会说什么。因为来来去去无非就是，吃饭了吗？这两天课多吗？给家里打电话了吗？那行，我去洗衣服了。唯一能让我们微信上的聊天内容超过十分钟的，就是幻想一下下次见面的干柴烈火。可是，干柴烈火这种事儿，偶尔提提就行，总说也就没意思了。

她是个明事理的姑娘。分手的时候，她说："我特别感谢老天爷，给了我这么好的初恋。我知道你对我好，我知道你爱我。你就像一碗养胃的白米饭。我从刚开始学会吃饭，老天爷就给了我你这碗米饭，我吃了三年的米饭，所以这三年我长得很健康。没有生过什么乱七八糟的病。可是，我一想到之后的几十年，我要日复一日年复一年地吃这碗同样的白米饭，我就觉得人生特别绝望。我想，如果现在不走，那么等到要嫁给你的最后一刻，我也一定会逃婚的。我知道，这一次离开你，我就再也回不了头，外面的世界可能凶险万分，可能会有男人骗我，可能我会遍体鳞伤，但是，我还是想去经历一番。我不想吃白米饭了，我想吃点儿别的。哪怕会拉肚子，我也想试试。对不起。我真的要走了。"

看完这段话的时候,我的心里充满了绝望。我知道,我要永远失去她了。其实我挺感谢她的,没有到最后一刻再逃婚。那样的话,我和我的父母就会颜面尽失。

而且我知道,她已经二十六了,可是我还是什么都没有,即使她再爱我,也不能跟着我。跟着我,她怕自己没有未来。

她是个好姑娘。没经历过坏男人,我希望她吃点儿火锅和烤串以后,最终能遇到一碗有趣的白米饭。这碗白米饭会让自己变成蛋炒饭,也能让自己随时变成很多口味的盖饭。希望这碗米饭千万不要像我一样,都没为她的后半生存点儿米。

她离开以后,我就回家了。我知道,不管我走多远,家门永远为我敞开着。我回家的那天特别冷,零下十几摄氏度,寒风呼啸肆虐,我看到我妈坐在路边卖牛奶。行人匆匆,每个人都加紧脚步往温暖的地方赶,只有她一个人无比坚定地坐在小板凳上,裹着那件穿了很多年的军大衣,头上顶着一块旧头巾,等着有人来买牛奶。

那一刻,我在公交车里泪如雨下。这些年,我妈为了给我转学,为了让我当兵,为了让我能念成书,别走歪门邪道,为了供养我的大手大脚,她到底看了多少脸色,到底吃了多少苦。而我出来挣钱五六年了，竟然一分钱都没给过他们。反而一次一次地，跟他们老两口要钱。有我这样的儿子。她难道不觉得心冷吗？

回家以后，我拔光了自己身上所有的刺，接受了我妈给我安排的一切。我对媳妇只有一个要求，就是她要心地善良、孝顺我妈。我想起来有一回，我那时候还在新疆当兵，我在微信上跟我妹说了一句，不管我走到哪儿，咱妈都是我这一生最惦记的人。后来我妹告诉我，她把这句话告诉了我妈。很多年没有流过眼泪的我妈，那一刻当着我妹的面就笑着流泪了。

大概，有我的这句话，她就觉得自己不管做什么都值了。我妹告诉我，当初在寒风里骑自行车送牛奶送了几年以后，我妈的腿受了寒，就再也没好过。她的腿弯不了了，蹲不下去。可是，每年的农活，还是得一点儿不落地干。蹲不了，她就总是撅着屁股干活。挣到的钱，还得存着以备我随时的狮子大开口。

我妹还说，我在外面当兵的这些年，每年的除夕夜，我妈都闷闷不乐。她总是会说一句："我的大儿子最可怜了，一个人在外面，不知道今晚他有没有吃到好饭，他有没有觉得孤单。"

行了，不跟你们唠了，我的胖媳妇做好我最爱吃的红烧肉喽！

明天我表哥结婚,我的傻老婆啊,就知道给我买衣服,从来都舍不得给自己买衣服。一会儿我一定要带着她去给她买两身好看点儿的衣服。

其实这样的日子,也还不错。我想告诉天下每一个浪子,请你回头看看。看看你的老母亲,看看你的前半生。

(张志莉)

我怕你离开我

岁月残忍地让我们有了隔阂,

我尽情地享用着你的宠爱甚至溺爱,

却从未为你分担过哪怕一丝一毫的痛苦。

1 ///

你又生病了。

爸爸把你接到家的时候,你已经不能自己走路。我慌忙上前搀扶你,你佝偻着脊背,身体像纸片一样薄,面目灰黑,三叉神经疼让你的右半边脸几乎僵硬,你的嘴唇哆嗦着,几乎叫不出我的名字。

我的眼泪在你身后溢满眼眶。

2 ///

你已经八十三岁。我常常忘记这个事实。觉得你应该还是十年前或者二十年前的样子。体力充沛,健步如飞,能耕种农田,能挑水做饭,在燥热的夏季午后抱着不爱睡觉的妹妹一圈一圈地走,直到她睡着。

也许于你来说也是这样吧。难怪我已经二十多岁,你还一直当我是孩子。我小时候是你带大的,跟在你身边的时间远比在父母身边的时间都要多。你牵着我的手走街串巷,碰到沿路叫卖冰糖葫芦的小贩总要讨价还价,然后挑一支最红最甜的买给我吃。你带着我回娘家,在路边看着运煤车轰隆轰隆地开过,我脚上的一双红鞋被蒙上一层灰尘。我们在月光下散步的时候,你教我念"月亮走我也走,我和月亮交朋友",夜色温凉如水。

春天夜半乍然的惊雷,初夏布谷鸟清脆的声音,晚秋熟透了的山野,深冬一推开屋门大地尽成茫茫白色。若无你,四季哪得如此分明。故土万里,水远山长,全是你带我用脚步丈量过的世间万象。

小时候看童话书,书里总有恶毒的后母、冷漠的国王和不怀好意的陌生人。可"祖母"这一角色但凡出场总是以"慈祥"为前缀。《海的女儿》里,小人鱼的老祖母耐心地给她讲陆地上关于船只和城市、人类和动物的一切。《白雪王后》里,加伊和格尔达的祖母在阳台上种满娇艳欲滴的玫瑰花,在晴朗的盛夏里教他们唱诵圣诗。你不识字也不会写字,我看书时你总在旁边乐呵呵地做针线活，蜜糖色的阳光洒在你的面庞上，和所有童话里写的那样，全是无尽温柔的岁月。

乡里邻间，你待人总是那样和善，所以走到哪里都是笑意。你在那个村庄里过了六十多年，从未与任何人结仇结怨。别人家大张旗鼓的争吵甚至打骂，在我们家从未发生过。你的温和不是对抗世界的武器，却成了收服世界的秘籍。尘世纷纷扬扬，你却一生稳妥，总能悦人耳目。

3 ///

你十六岁时就嫁给了爷爷。爷爷家离你家太远，那时又没有像样的交通工具，回趟娘家千辛万苦。爷爷家很穷，你要照顾好几个老人，还有爷爷年幼的弟弟们。长嫂如母！我想想自己的十六岁，不过是每天担忧这道数学题不会做，所以从来想象不出你所受的艰辛。

你生了八个孩子，两个早夭。你提起他们时好像那是很远很远的事情，但我能看到你眼睛里一闪而过的痛楚。

抗战、饥荒、大锅饭……那些只在历史课本上出现的词汇，于我们而言，只是为准备考试必背的知识点；可于你，却是漫长的好似永无边际的苦难。

你年轻时有张照片,美目绛唇,黑发如漆。就连现在,你还是一个干净整洁的老太太,安详静柔,受人敬重。我有时候想问问你过去有多难,想问问你是如何把那些悲伤变成了如今不留痕迹的平静,可如今你的听力已退化到我要扯着嗓子喊话你才能勉强听清。岁月残忍地让我们有了隔阂,我尽情地享用着你的宠爱甚至溺爱,却从未为你分担过哪怕一丝一毫的痛苦。

后来举世皆成太平,你终于得以一粥一饭安守岁月。没料到大姑却因病去世,家里人瞒了你很久,但终究瞒不过。那时你住在乡下的小姑家,不知怎么发泄悲伤,只好在漫长的田埂上一直走一直走,眼泪倾盆,不知归处。

隔了一段时间我去看你,只见你的头发像打了霜,短短几天便白了一大片。人们都说,最痛苦的事情莫过于白发人送黑发人。很少聊起过去的你絮絮叨叨地跟我说:"我大女儿跟着我这个娘不知受了多少苦,刚等来好日子却又没有福分享受……"

在你心里,子女如山。你用半生辛劳拉扯着他们成人成家,又用另外的半生忧心他们是否日日康健。

小时候总期盼着长大,赚钱给你买好吃的、好穿的。如今我终于长大了,可你却年复一年穿着同样的旧衣服,别人探望时送的特产你要留几个月给我,每次见到我都忙不迭地做饭,亲眼看着我将满满的两碗粥喝下去之后才肯放心。

我多么想你再自私一点,不要再惦记这些日日忙于工作的子女,也不要再惦记这些远走高飞,甚少回来看你的孙子、孙女。

可那怎么可能呢?逢年过节,你仍然一天一天数着日子盼望孙子们归来。表姐远嫁,你站在起风的路口看着她坐的车子在尘土里走远。你怕有生之年再也无法见到她,站在寒风中望着早已不见车影、人影的路口涕泗横流。

你如今仍在日日忧心,即便你从不能听清电话里说的是什么,也看不清电脑和手机屏幕里他们新上传的照片,但你仍然费劲地想从旁人只言片语里揣测一些孙儿们的近况,以慰心安。

4 ///

我怕你离开我。

这几年爷爷、外婆相继去世,再加上你越来越频繁地生病,我开始陷入了一种前所未有的恐慌。这半年太忙,我很久没见到你,偶尔做梦,梦见你不在了,呜咽着醒来,梦里的绝望仍然在捶打着心脏，黑夜里失声痛哭。

我想起我小时候，有一段时间经常生病。一个早晨，你坐在床沿发呆，我问你怎么了。你说做噩梦了，梦见有人要抢走我，你拼了命才把我夺回来，结果回家的路不知为何撒满了玻璃碴。你光脚抱着我，走啊走啊，走得满脚是血，可是怀里的我却怎么也叫不醒……

我也常常梦见更小的时候。你还没有那么多白发，用很亮的声音喊我的名字，坐一辆破旧的巴士带着我远行。路边是青翠的山野，你的双手环抱着我，温暖的下巴抵在我的发间，笑声飘得又高又远。

我知道死亡是命定的终点，世间众生皆无法逃脱。可我不知要用多久才能习惯一个没有你的世界。在这个世界上，谁能够代替你呢？代替你对我的宠爱、深爱甚至溺爱，代替你逐渐混浊的嗓音和斑驳花白的头发，代替你永远温暖的怀抱和仿若含泪的眼神。谁能够代替你呢？代替你最深沉无私、最不求回报的爱意。或者是，仅仅代替"奶奶"——这个如此温暖足以让冬日寒冰融化的称谓。

以后，换我来守护你吧。

（伊心）

再给我一块花馍馍

我希望可以再度拥有曾经的时光,
如远山中的清泉,如老城的微光,
以眼底的回眸望穿,从遥远的记忆走来,
以岁月为界,用爱恨做楔,
把留下的往事变成琥珀,
变成热气腾腾的温暖,
哪怕是片刻的回忆,
也是亘古不变的永恒。

我的记忆从哪里说起呢?让我想想,从一首儿歌,从一个玩具,从一座房子……咳,也罢了,就从这座城市开始吧,时间会腐蚀一切,包括建筑、记忆,还有那些已经被沙化和模糊的过往。

只是,我们都是往前走,不然就会被时间侵蚀,步步回首,却无法回头。

来来来,坐下来,给你递一块馍馍,放一杯温开水,听我说一个故事,一个与你无关,却处处带你回头的故事。

1 ///

我出生在北方中部的山西,那是一个煤比人多的地方,连绵不绝的山脉和弯曲的黄河,构筑了灿烂如同信仰一般的阳光和黄土高坡特有的高亢。在群山之中,突兀出现一大块盆地,靠天吃饭的祖先就在这里安家立命,用贫瘠皲裂的黄土地赌上了一代代人的生活。

这座城市已有近三千年的历史,它矗立在这块辽阔盆地的中央,一条黄河的支流蜿蜒而过,那些干涸如同手臂支撑大山的河床,那些裸露在地表之外巨大的岩石,成为我儿时长长久久的记忆。这座城市的十里钢城支撑着城市的快速发展,只是战争年代的德国人把它建在了城市的上风向,终日烟雾缭绕。年少的我,总要穿过终日轰隆作响的厂子,回到姥姥家。

姥姥家在这座城市的近郊,不远处的马路对面就是农村。一条小路横穿宿舍,以学校和集市为中心分开东西,扩散出屈指可数的几条小道,衔接起一排排高大的杨树和偎依在树阴下的平房,除此之外再无其他。

狭窄的小路,陈旧的房子,还有不大的空地和郁郁葱葱的植物,电线划分出天空,麻雀叽叽喳喳飞过,全世界都仿佛那样的纯粹和湛蓝。

顺着小道拐过几个弯,有一道小门,很多在这里居住的人推着自行车钻过去,就可以吆喝着道别去上班。左拐是厂区,右拐是大路，去姥姥家只有一个入口，记忆中有一片片田野，还有一条水渠。我不知道它从哪儿来，每逢夏季水渠里灌满了水流进农田，偶尔可以看到小鱼和蝌蚪，那么有趣啊，拿着小网和瓶子蹲一个下午，就有满满的收获。

姥姥姓阮名梅香，老一辈人希望她能够做淑女，可听姥姥说她从小就顽皮捣蛋，小的时候在农村和一帮野孩子鬼混，打架上房掏鸟蛋，但功课却一直不错。只是战争年代，姥姥念完小学就辍学回家，但她也得意地说，要不是家里是地主，女娃娃哪里能上学哟！

姥姥一生精明能干，干净利落，在家族和邻里之间很有威望。姥姥爱干净出了名，虽然住在平房，但家里总是一尘不染，本来雾蒙蒙的水泥地，也亮得能照出人影，曾经有邻居笑说，梅香啊，到了你家干净得连个坐的地儿都没有哇。

2 ///

山西人喜欢面食，面食料理全国闻名，几乎家家户户都有拿手绝活。王家的手擀面劲道，李家的刀削面利落，赵家的拉面可以一根不断，张家的水饺皮薄馅大。而姥姥家最拿出手的，就是花馍馍。

山西土话管馒头叫馍馍，花馍馍也就是将馒头做出各种的造型，那只有过年才可以见到。老话讲二十三，糖瓜粘，二十八，把面发，但姥姥家却很早就开始做花馍馍。一过农历二十三，姥姥就骑着车带着我，穿过马路到附近的农村去买面，必须要新麦子磨的面粉才算好，买六十斤面装进口袋，用自行车驮着回家，我跟在姥姥身后一路嘻嘻哈哈，兴致盎然。

回到家，从墙角拿出专门和面的老陶缸，姥姥说这口缸比她的岁数都大，越老的陶缸和出的面才越香。和面也有讲究，倒水不能太快太多，要一点点慢慢掺入，左三圈右三圈，用力一次缓力一次，和好的面再拿出上好的棉纱布蒙上，把陶缸放在面光的角落等待发面。

第二天一早，本来还在缸底的面团，发酵成了满满的一缸，用手一按软软滑滑的。姥姥把一人高的面板放在大床上，铺上塑料布和刷子反复擦洗，然后从缸里掏出面团丢在上面反复揉，面的香味也开始弥漫，姥姥说这就是新麦的好处。面的香味不比蔗糖般甘甜，不似蜂蜜般腻人，是那种清清淡淡的味道，好似带有一点花香，有原始的农田气息。

花馍馍最重要的工作就是捏花，山西人的花馍馍是花样最多的。姥姥心灵手巧，把面一团团揪下来，放在手心里快速揉搓，没等我看清就变出一朵小花，拿着剪刀剪几下就是莲花，用筷子一夹就是牡丹，一揪一折是老鼠，再做出两个长耳朵变成兔子，用网纱扣出一条鱼，拉长面团绕成圈是蛇，加些褶皱就是活灵活现的龙。用绿豆和红豆作为眼睛和火焰，把红枣切成小块三角形作为点缀，如果再滴上一点香油或者是淋上一些白芝麻，那就更妙了。

而我最兴奋的，是姥姥会给我做"垫脖子"①这是平遥人的习俗，家里的小孩未满十三岁，老人过年做花馍馍时都要做"垫脖子"。按照我的理解像是鲁迅先生笔下的闰土所戴的项圈，只是姥姥做的项圈是用面做的，是可以吃的。

把面团揉成长条，折回来做成铜钱外圈的模样，这是"招财进宝"；打出一个鲤鱼尾的结作为"垫脖子"的面头，这是"鱼跃龙门"；把各种各样五色谷物撒在面上，这是"五谷丰登"；然后再用一根细细红线绕着缠在一起，用面团做出苹果放在鲤鱼尾上，这是"平安吉祥"。做熟之后的"垫脖子"要放在家中最干净的高处角落，在墙上要挂用铜钱串起的锁，叫作"锁岁"。锁只能在孩子满十三虚岁后才可以摘下，现在很多老人家的墙上都挂着满满好多串的铜钱。

等到馍馍都做完，就要拿出大锅上笼屉去蒸。蒸馍馍也有讲究,第一层和最后一层的笼屉是空的,每一层的上下都要铺湿润的笼布。蒸的时间最好在下午六点,柴火要旺,火势要稳,四十分钟后,就能够闻到姥姥家里飘出的面香,于是家家户户都在说,看哪,梅香家的花馍馍蒸好了。

把蒸好的馍馍倒在面板上,接下来就是我的任务——点红水。红水要用老胭脂的水最好,以前的胭脂都是玫瑰花制的,人可以食用,舀出一点泡在水里搅拌就成了红水。刚刚蒸好的花馍馍滚烫,用筷子蘸上红水,在每个花馍馍上点一下,画龙点睛的最后一步就完成了。

热气腾腾,喜气洋洋,过年做花馍馍是姥姥一年中的大事,有的趁热分给邻居,有的给我吃个新鲜,剩余的等到半热都归拢在和面的陶缸里,不会放坏不会变硬。馍馍是山西人最爱吃的面食之一,口味可以随着自家的饭菜变换出不同的味道,但最精彩的,还是一盘滋味足的红烧肉,一盘翠绿的炒青菜,一口菜一口馍,一口肉一口酒,好不痛快。

姥姥说当年家里穷,一杯温开水就着馍下肚,馍会因为有水而泡发,特别管饱,小的时候家家户户最常见的零食就是馍馍,烤干的、焐热的、炒过的、蒸湿的,邻里之间你送我一些,我给你几块,各自评论造型和口感,孩子则嚷着说自己家的馍馍最好吃,吵吵闹闹，嘻嘻哈哈，这个年就这样过去了。

姥姥疼爱我，小的时候叫我起床，我便撒娇钻进姥姥的怀抱里听儿歌，如果姥姥偷懒少唱一首我便不依不饶。临近过年时更是如此，窝在姥姥怀里，一边吃花馍馍，一边听姥姥哼儿歌。有时是拍着我的背唱：牛牛车，马马车，赶着车车去市集；有时是板着我的手指唱：牛兰花，马兰花，花花对碰胭脂花。

但我最喜欢的歌谣，还是姥姥拽着我双手，我咯咯咯地笑，两个人一前一后拉扯：拉锯扯锯，姥姥家唱大戏，唱的什么戏，娃娃戏。

3 ///

我的童年一定是属于姥姥家的：农田、平房、大树、铁路、家家户户的炊烟、金灿灿的阳光、捉迷藏、上树摘桑果、下雨踩水坑、领着一群小孩子横冲直撞、卖菜的大叔、小卖部的爷爷、炒面皮的婶婶，还有姥姥家的花馍馍。

我那时的调皮绝非你想象：不让小伙伴进家门，堵在门口差点挤断手指；长辈在打麻将就跳到桌子上踢翻麻将，把麻将牌拿起来朝着窗户扔；把邻居养的鸡抱回来自己偷偷养，最后半夜打鸣东窗事发……儿时的恶作剧数不胜数。但我却不敢在姥姥面前造次,曾经在家里只要姥爷在我便不吃饭,哭着闹着耍赖皮;但如果只有姥姥在家,我就乖乖坐在桌子前自己吃饭,还哼着自创的儿歌:姥姥洗衣服,娃娃自己喂。

和花馍馍有关的故事太多了,说哪一件呢?姥姥说我是机灵鬼,有一年快过年时闲来无事,姥姥抱着我开玩笑地对我说,你的压岁钱都给谁呀?我吃着花馍馍含糊不清地说,给妈妈。姥姥奇怪地问,你怎么不给姥姥呢?你妈妈有工作自己挣钱,你姥爷也有退休金,只有姥姥年轻时没工作不赚钱啊。

结果我歪着头非常认真地说,那你年轻时不工作是死去了吗?那时正好有一个母亲的朋友来探望姥姥,结果两个大人笑得岔了气,至今说起这件趣事全家人依然哈哈大笑。

曾经在我眼里,她是一个有点严厉的老太太,小的时候有一个同龄的小伙伴叫丁旭,算是我们的孩子王,带着我们上房、爬树、下水沟、挖煤球,教唆我们抽烟。姥姥不止一次板着面孔告诉我不许和他玩,不然会被带坏。

有一年冬天下着大雪,丁旭神秘兮兮地告诉我外面有热闹看,有好多好吃的,我一听两眼放光,央求着他带我去。他狡猾地说那你给我几块花馍馍,我就带你去。那时馍馍还没有做,一大缸白面还没有和,只有那一年的"垫脖子"提前做好放在面板上,丁旭指着说就要它了,我毫不犹豫拿起来套在他的脖子上,送你了。

后来姥姥扯着嗓子喊,满宿舍找我,遇到另外一个小伙伴告诉她我和丁旭出了铁门朝大路走了。姥姥顾不得天寒地滑出去追我,等看到我时,我一个人在雪天里站在路边等红绿灯,丁旭早就不见了踪影。我看到姥姥来吓得直哆嗦。姥姥拽着我往家走,一边走一边打,我哇哇大哭。

姥姥把我领回家就去找丁旭,哪想到他早就偷偷溜回家,正坐在床上吧唧吧唧啃着我送的"垫脖子",见姥姥找上门来赶紧打着饱嗝慌里慌张道歉。我知道姥姥的脾气,小心思已经在心里翻涌过好几遍。又一顿打肯定是躲不过,不然就跑,能跑多远就跑多远,要不然就装晕倒,或者说感冒发烧,怎么装可怜怎么来。还没等拿定主意,气势汹汹的姥姥已经站在了面前,指着我的头就开始教训我。

我一看情形不对,站起来就准备朝门外溜,姥姥一把抓住我喊,嘿!你个兔崽子,还想跑是不是,你看我今天怎么收拾你。我情急之下连忙挣脱,刚甩开姥姥的胳膊,脚下一滑没站稳,结果整个人直接摔进了旁边和面的大缸里。

缸里有刚刚倒进去的面粉,我整个人就栽进了面粉里,扑哧一声面粉从陶缸里溢出来,满屋开始飘着白面。我躺在缸里怎么都站不起来,吓傻了的姥姥赶紧把我从面缸里揪出来,我的头上、脸上、嘴里、身上全是面粉,我使劲吐都吐不干净,眼睛被迷得睁不开,姥姥一边给我掸身子一边忍不住就笑了。

我一看姥姥笑了,心想这次估计没事了吧,于是我也跟着笑,一老一少越笑越厉害,笑得合不拢嘴,笑得前俯后仰,姥姥给我倒了一杯水我都端不稳,姥姥一边说小心别烫着一边过来扶我。

我大笑着摆手说没事,结果水一下子溅出来洒在手上,我被烫得大喊,哎哟我的妈,结果身子一颤没站稳,第二次连人带水,又摔进了面缸。

4 ///

从我十三岁开始,姥姥就不再给我做"垫脖子",老家有习俗"完十三",孩子长大了,不需要套一个项圈,该让他自己独立和长大,已经是大人了。我曾经哭闹着不依,姥姥无奈地说,你已经是大孩子,不能再吃这种脖子里的东西,你得抬头,看更远,走更远。

现在想来,姥姥的一句"抬头看更远,走更远"是她多年人生的历练总结,是无论你行在何时何处,对远方未知的期待。哪怕可能永远生活在这排低矮的平房里,哪怕都无法真正用脚走出生活的这片土地,内心也不能被这方寸之间束缚。要去更远的地方,要走更远的路,要做更好的自己。

姥姥说,花馍馍之所以这么讲究,是祖祖辈辈流传下来的手艺,手艺不应该消失,应该传下去。有板有眼,一针一线,都是时光的凝结,犹如大海有生命力的潮汐呼吸,连同曾经儿时的那些阳光、土地,还有记忆深处的歌谣、趣事,都应该随着岁月的沉淀被永远铭记。一晃时光匆匆,但姥姥这一辈的人,却继承了先人的那些质朴传统,言传身教,留给了她的儿女们。

十多年前,姥姥家搬进了闹市区,人也渐渐年老,姥姥已经不做花馍馍了,和面的大缸送给了母亲,现在摆在我家的阳台,母亲时不时拿出来擦擦。她曾经对我说,这是中国人最重视的手艺活,是吃食,是活下去的技能。将来也要传给我,不管我是否使用,都应该留着,那不只是一口缸,而是一份传承。

母亲也会做花馍馍,但是总也做不好,步骤完全按照姥姥所教,但和面时总有差池,不是碱大就是碱小,碱大了馍馍会发黄不好看,碱小了会有一股酸味。母亲请教姥姥,姥姥说是手不同,每个人的手法不同,哪怕一样的步骤,做出食物的味道也不尽相同。现在社会发展迅速,楼下就有百年的老店,可以订做花馍馍,花样也很多,但在我吃来,却总少了一种原始的面香和一份质朴的感动。

曾经我又回到老房子,站在不远处的铁路眺望那一片已经远离十几年的故土,这样古老的中原土地,满眼的荒芜和堆积的杂草,不远处低矮破的平房,早已不复当年模样。有老人牵着小孩默默走过,耳边是簌簌的冷风,他们不会想到,在离着他们十几米外的高处,有一个故人这样默默地看着他们,仿佛在看当年的自己。

天地之间以一种沉默的语言,为我展开了一幅仓皇的油画,雁群飞过,留下声声鸣叫,我眺望着那些土地,好似和内心中重重的心事重叠在一起,是我多年以来从未有过的感受,我终于理解姥姥曾经对我说的话,步步回首,无法回头。

我想要重新回到那个地方,无论是开心还是难过,那都是内心深处一种平实厚重的情感,好似怀抱着一整片午后的阳光,扎扎实实的温暖。那些被沐浴过的土地,它们存在已久,久到我无法想象它们最初的模样,而生活在这片土地上的祖祖辈辈,还有我,都是这个世界里最平实普通的存在。

再没有比这更充沛的情感了,这是北方的故土,是姥姥的面容,是无法逃避的旧时光,我们的世界,和那些生活在这世界中的人们,都是一首记得又忘记、得到又失去的儿时歌谣。

5 ///

姥爷去世后,姥姥身体大不如前,春节前脑梗复发瘫痪在床行动不便,我和母亲隔一天去看望她一次,给她按摩,陪她说话,喂她喝水。姥姥总是感叹多年之前的旧事,感叹现在活得不如人,不如早点死了好。我们百般劝阻耐心宽慰,母亲不知偷偷哭了多少回,他们内心的苦,我都深深看在眼里。

时间是多么残忍,它维系着所有的过往和悲欢,也默默指引我们进入命运的茫茫安排,只是我们的宿命,同样时刻背负着无奈,我们感受沉重,我们承担痛苦,我们在一次次的分别和变迁中,慢慢也走上了同样的终点。

姥姥让母亲从柜子底拿出一个红木盒,里面装着一个银镯子,上面布满了划痕,一看就是老银制的镯子。姥姥拿起镯子说这是你太姥的姥姥留下的嫁妆,一辈辈传了下来,本来要给你妈妈,但一直保留到现在,虽说镯子传女不传男,但现在孩子少也不讲究,就送给你了,你要好好留着。

我郑重其事地接过镯子戴在了手上,我一定会随时带着,将来传给自己的孩子,告诉他这些故事。姥姥欣慰地点点头,微微笑了。我们都知道,最后无论是谁,都会化作一抔黄土,彻底回归。但是,也不要忘记。认清昨天的去向,不忘今天的来路。

我俯下身问姥姥,说了这么久的话,饿不饿,想吃点什么?姥姥想了想,唉,特别想吃过年的花馍馍啊。一时间我和母亲面面相觑,姥姥又自顾自地说,但是估计也吃不到了,下不了地,老咯,做不了咯。母亲连忙宽慰,妈,回头我就去给你做,改天就给你送过来。姥姥笑了,妈也是随嘴一说,你这孩子也是太孝顺,没事,妈不想吃。

我突然想起了什么,轻声地问,姥姥,曾经你给我唱的儿歌,我最喜欢的你还记得吗?再唱一次怎么样?姥姥微微一愣,轻轻叹口气,怎么能忘记啊,这可是你太姥姥教的,死也忘不了。

那一天,窗外的阳光犹如多年前灿烂如初,姥姥躺在床上,但怀抱里已不再是年幼的我,时间或许会告诉我们什么是物是人非,但留存于时光中的那些爱,和在爱里长长久久的陪伴与记忆,却会随着岁月历久弥新,永不消逝。

我和母亲站在床边,和着姥姥的声音一起轻轻地哼了起来——

拉锯扯锯,姥姥门前唱大戏,唱的什么戏,娃娃戏。没脸的娃娃就要去,去了舅舅没吃的,提上篮篮讨饭去。讨的饭也少了,气得舅舅走了。

舅舅、舅舅你回来,合回两根毛柴②来,毛柴里有孤尔子③,咬了舅舅的指头子。④

(这么远那么近)

注解:
①垫脖子为山西晋中地区特有的面食,专为小孩子所制,仅为一种习俗仪式,现多地已不再制作。
②毛柴为平遥方言,意思是柴火。
③孤尔子为平遥方言,意思是老鼠。
④文中所提习俗及歌谣版本众多,全国各地不尽相同,根据地域有所变化。

出门在外

父母年纪越大越像小孩,
还是世界上最难哄的小孩。

离家千里,每年跟爸妈在一起的时间少得可怜,通电话已不足以解相思之苦,首先我教会了爸妈使用微博和微信。我希望他们在我写的文字和发的各种照片里面,知道我每天在干吗,参与到我的生活里来,而不是像之前打电话要汇报一件事,需要从"从前"开始说起。

只是刚开始学会用微信语音的时候,我妈特别兴奋,每天不分昼夜,只要兴致来了,就呼啦啦给我发数十句语音,每条都发足六十秒。直到我严肃地告诉她我要挣钱糊口,真的不是每时每刻都方便听她的长篇大论,她才有所收敛。然后改为每天定点发送心灵鸡汤文章,比如女人的养生之道,比如爱笑的女人才漂亮;还会及时推送热点新闻,比如发生了一起学生投毒杀害室友的新闻,她会先发送在网上查到的科普文章,告诉我如果遇到这种情况如何自救,再语重心长地说:"要对室友好一点,平时家务活你多做点,好吃的要大家分享,自拍的时候你站前面点儿。"

爸妈还会觉得,在家里有他们宠着,如今出门在外既不会做饭又不会做家务,担心我照顾不好自己。可他们不知道我为生活所迫,已然是个家务小能手,煮饭洗衣不在话下,性格的棱角也被磨得圆滑了不少。所以让他们知道我可以照顾好自己,他们会放心不少。只是有时候跟爸妈见面或者通电话的时候,所有的公主病和小姐脾气都爆发了,仿佛还是十八岁离家的样子。其实我是故意的,我享受他们感叹我怎么还没长大的样子,有点无奈又满是怜爱。在复杂的社会里,每天小心翼翼地生活,有脾气、有委屈,好像只有跟父母发泄发泄才不会被计较。

但这种情绪往往让他们着急上火,所以很多时候我都是报喜不报忧,连生病都不敢说。有一天我把自己的包包落在公车上,我本来都觉得没希望找回来了,最后竟然失而复得。我特别兴奋,想跟朋友们好好说说这事。但又怕被爸妈知道了担心,于是我就心生一计,把他们设置到了朋友圈黑名单。自以为做得滴水不漏,正窃窃自喜,爸爸发来了信息问我是不是把他拉黑了,他居然用了"拉黑"二字。我很惊讶,现在的老头儿、老太太真是与时俱进啊。我以为爸爸会生气,结果他特别可怜巴巴地说了一句:"看你发的照片和文字是我跟你妈每天最大的乐趣了。"我突然鼻子一酸，说："爸，我错了，马上改正。"然后，他们就看到了我包包失而复得的故事。再然后，我就在家庭群里面挨了长达一个小时的批斗。

父母年纪越大越像小孩，还是世界上最难哄的小孩。两个人有时候在家因为小事情闹矛盾，还必须让我做评判，分出个高低胜负。而另一方面两人又常常会利用我来哄对方高兴。比如，爸爸会提醒我母亲节送妈妈花，妈妈会提醒我爸爸生日快到了，而他最近想要买什么。

出门在外的日子，也不能让爸妈在家觉得太冷清，我总觉得调皮捣蛋，偶尔"闯闯小祸"的孩子，才会更懂得怎样哄父母开心。比如制造机会，让他们骂两句过过嘴瘾。工作上的事明明知道他们不懂，也"假模假样"地跟他们请教一番，让他们显摆显摆自己的权威，多一些依赖他们，也多一些哄他们。

有人曾经计算过剩下的生命里，还能与父母相处的时间。假如你父母现在已经六十岁，假如父母还能活二十年，假如每年过年你都能回家，此生与父母相处的时间也不到两个月。或许这个计算方式有些极端，但时间真的不太多了，这是事实。如果你暂时没有回到家乡的打算，又暂时没有能力接他们到身边，就用不同的方式让他们参与到你的生活里来吧。

　　出门在外的人,要应付的事情太多,应付工作,应付形形色色的人,还要应付自己的三餐。可是千万别应付父母,好好爱他们,就算是自私地为了自己不留遗憾。

（廖方休）

老爸：您真的走了吗？

我无数次地问自己：

老爸，

您真的走了吗？

85岁的高龄，可以说是寿终正寝了。可是，在我的脑海中，老爸一定会成为一名百岁老人的，怎么会这么快就走了呢？记得有次我和老爸开玩笑说：爸爸一定会活到120岁的，因为你是人精啊！我不相信老爸已经走了的事实，我宁可信老爸是出远门了，不久又会出现在我的面前。

明天是老爸百天祭日，在烦闷燥热的夏日里，夜深人静，万籁俱寂。我静静地躺在床上，透过羽翼般淡藕色的纱幔，望向窗外的夜空，柔柔的月光中，仿佛听到了爸爸妈妈的窃窃私语……

泪水缓缓地、缓缓地在眼睛里蓄积着，眼眶怎么能承载得住来自心灵的伤痛，任由泪水在脸上肆无忌惮地流淌起来。

我又一次起身下床，漫步走向老爸曾经居住的房间，不久前老爸还在这里读书、看报，静卧在灿烂的阳光下，享受练习气功带来的舒爽。现在，已人去屋空，我站在房门前，注视着空荡荡的房间，沉思了很久很久……

无数的感慨，无数次地泛起——我已经是一个可怜的了无牵挂的孤儿了。再也不能享受奔波着给爸爸买好吃的乐趣，再也没有了每周日早早起床赶回家的焦灼心情，再也不能享受到家的暖暖亲情了。

奋斗了几十年，才有了一个像点样的新家，母亲没有享受上就离我们而去了。我体会到了子欲孝而亲不待的痛苦，多么想了却母亲想住大房子的愿望啊！就让父亲代替母亲享受吧！装修完房子，就将老爸接来住，看老人是那样的高兴，爸爸家一直住一层，经常不见阳光，看到他被阳光抚摸着的快乐，我也被感染得由衷欣慰，在老人的有生之年，能看到他们快乐是我的幸福啊！

可是这幸福来得太短了，稍纵即逝。我突然发现胃口很好的老爸，怎么会消瘦呢？轻微的咳嗽会有很严重的问题吗？怀着疑惑和忐忑不安的心情，编造了种种理由带老爸到医院检查。我想大不了是老年病，高血糖的可能性比较大，在无聊的等待结果中，我丝毫没有紧张。可是，等拿到CT报告单，"肺癌晚期"的字样晃在我眼前时，我一下就蒙了。我不相信这是真的，一定是诊断有误，老爸一向身体健康，没有家族史，怎么可能得这种不治之症呢？母亲已经走了，多么想让父亲多陪陪我们啊！我拿着CT片子，噙着眼泪找专家找教授，得到的结论是一致的，瘤体很大，已经肺内转移，没有任何办法治疗，只能对症处理。可是，父亲没有任何不适症状啊！往往癌症病人会疼得痛不欲生，那么大的肿瘤竟然避开了神经，没有丝毫的疼痛感。老爸那么不幸，可又是多么的幸运啊！

儿女们收起了眼泪，一定让老爸心情舒畅地度过最后的时光。整个春节我们在暖暖的气氛中度过的，为了不给老爸增加思想负担，全家都隐瞒了疾病的真相。老爸也很配合我们，积极吃药，对病情不闻不问，每天喝茶，练功，晒太阳，尽情地享受着自己的快乐！

爸爸有四大爱好：书法，喝茶，练气功外加下象棋。

我每天下班回家，拿出功夫茶具和老爸一起品茶。老人喝了一辈子茶，却不懂茶。我拿出有关茶方面的书，从中国的茶文化，茶的种类，茶具，泡茶的要求，一点一点地和老爸分享茶的快乐。老爸探寻知识的兴趣则像个孩子，说喝了一辈子茶，没料到喝茶还有这么多道道，看来是要活到老学到老了。

老爸常常哀叹，说老了就是没有用了，练了那么多年的书法，现在竟然写不出字来了。我也常常地哀叹，我怎么就没有遗传老爸的毅力呢？老爸近50岁才开始练字，学画画，满屋子挂的都是老爸的习作，画出的荷花、竹子、老虎还真的是像模像样。老爸说，没有什么留给你了，那些笔都是你给我买的好笔，是我的宝贝，还有一些字帖，是我一笔一画描出来的，很珍贵，以后怕是找不到了，就都留给你吧！我掩住心痛，故作轻松地开玩笑说，爸，别急嘛，我去把你的文房四宝搬过来，你再好好练，没准一不留神就成了一代书法大师呢！

尽管日子很快乐，尽管疾病的痛苦不在，尽管他不知道自己得了不治之症。可是，爸爸已经预感到他将会不久于人世了。老爸站在客厅的一抹阳光中，无限留恋地说，这么好的生活，是我们祖祖辈辈没有过的，虽然，过去我们是大户人家，哪有现在的日子好啊！可惜，我没有福气享受了。

我眼睛红红的背过身去，母亲在世时，老爸总是信心十足地说他一定能活过120岁。母亲走了，父亲就整个的被孤独包围了、吞噬了。这些是儿女们无法给予的，我们只能从生活上给予他照顾，却不能排解他内心的孤独寂寞。

正月十五过后，老爸病情加重了，经常咳血，他不愿意去住院，说一定要走在家里。我强制性地叫来救护车，将老爸送进了医院。经过半个月的治疗调理，精神还不错的老爸出院回自己家休息了，由弟弟请假在家照顾他。

回忆起3月21日那个伤痛的星期天。那天二月初六，是姐姐和小弟同一天的生日。老爸还提醒弟弟，今天是你的生日，要庆祝一下。那天也是确诊老爸癌症的第58天。

一大早，我匆匆地赶回家去，买菜、做饭。吃完午饭，老爸牵着我的手很歉意地说，你昨天回来，我只顾练功了，没顾上和你说话，今天和你多说会儿话吧！我问，爸，你有哪儿不舒服吗？有哪儿疼吗？老爸说，哪儿都不疼，只要一练功，全身都很舒服。我说，爸，你想练功就练吧，没关系，你怎么舒服就怎么做，我们以后有的是时间说话。老爸不好意思地说，也是的，那我练功了。没想到，这竟然是最后的遗言，老爸怎么没有丝毫的预感呢？

下午4点多了，看老爸还在聚精会神地练功，我悄悄地走了。我想还有无数个明天在，还有无数的时间让老爸给我教诲，如果是那样我就不会让自己后悔了。两小时后，在弟弟焦急的呼唤中，我以最快的速度，仅仅15分钟冲进家中，老爸已经安详地闭上了眼睛，没留下一句话，没让我最后再看他一眼。我悔青了肠子，短短的两小时，我为什么没有最后守候呢？让自己遗憾一辈子，后悔一辈子。老爸一定也很遗憾在最后的一刻，我没有守护在他的身边吧！

在自责中，我明白了，我很爱很爱自己的父母，对母亲的爱是用语言和行动的温情来表达的，对父亲的爱则是珍藏在心底的，是与生俱来的。以前，我一直都误认为对母亲的孝敬是真实的感情，对父亲的孝敬则是应尽的责任和义务。可是，在老爸离开的那个夜晚，心底的爱终于浮了出来。亲爱的爸爸、妈妈，我是多么的爱你们啊！多么想陪在你们的身边，让你们多享受一些天伦之乐。

爸爸：其实，我一直都知道你是最宠我，最爱我的。

从小我对母亲的感情就远远地超过了父亲，总觉得父亲给我们的爱太少了，在我的眼中更多的是母亲的身影，记忆里更多的是母爱的流淌，尤其是母亲去世后，更多的是对母亲的怀念，而忽视了父亲的感受。仔细想想，在生命的旅程中，除了母爱，还有父爱的并行存在。

三年自然灾害时期，大家都饱受了饥饿的经历。提起那段经历，同龄人都说饿得苦不堪言，野菜，豆腐渣都是上好的食物，再别说吃肉了。可是，在我童年的印记中则是淡淡的，似乎没有饥饿的记忆。

那时候，老爸总是想尽一切办法让我们一家吃饱、吃好。20世纪60年代的咸阳，渭河、沣河的鱼都很多，庄稼地里也跑着很多的野兔。

老爸就用捕鱼、打猎的方式给我们弄吃的。家里准备了猎枪，还有各式的渔网、围网、撒网，大的、小的都有。老爸很爱他的猎枪，只要闲着就把那杆双管猎枪擦得锃亮。还经常织补渔网。很小的时候，我就跟老爸学会织渔网了。

只记得每天早上我还睡眼惺忪的时候，老爸就挎着猎枪，骑着自行车打猎回来了，车把上挂着一嘟噜野兔，放下猎物，洗把脸老爸就该去上班了。为了让家人们吃饱肚子，老爸凌晨3点钟就出去打猎了，几乎是不空手回来。星期天，老爸又背上渔网去捕鱼，已经是深秋了，站在齐腰深的水里拿围网去围鱼。记得，有一次，围住了一条30多斤重的鱼，比我的个儿都高，我高兴地欢呼着，好大的鱼呀！没见过这么大的鱼！看着衣服湿透，还在兴奋中的爸爸，我问，天这么冷，为什么要下到河里，为什么不用撒网呢？爸爸说，鱼又多又大，顾不了冷了，下河用围网围得多。

老爸就是这样让我们总是能吃上香喷喷的鱼肉和野兔肉。老爸曾经在北京饭店学徒七年，做得一手好菜，在1960年那么困难的时期，我总能享受到美味佳肴，以至于至今我对好吃的都不感兴趣。在父母亲的呵护下，我有一个快乐的童年。

1966年，我们的苦难也开始了。老爸隔离审查进了牛棚，让我幼小的心灵留下了永远抹不去的创伤。在学校我从一个优秀学生一下子就变成了一个黑五类的狗崽子。从此失去童年的纯真，失去了童年的快乐。经过那段艰难的岁月，稚嫩的心灵再也无法承载受伤的重负，我没有答应学校在咸阳给我分配的工作，我想要离开家到很远很远的地方去，不想再回来了。我抱着痛苦、委屈、怨恨充斥的心理坚决要求去三线，老爸默默地看着我准备行装，却不敢阻拦我，我义无反顾地走了。

最难忘我在三线的那段日子。远远离开家，只是年幼无知的我的最初想法，随之而来的是对父母亲深深的思念，父亲的每封家书都表达了对女儿的悠悠牵挂。妈妈告诉我，自你走了以后，你爸天天听广播，时时关注着安康的天气预报，四处打听你们那儿的真实情况。

来到三线后，我心情特别好，因为我不再是可以被教育好的子女，不再被歧视。苦，我不怕，饥饿也不怕，只要自尊心不被伤害。我很兴奋地给父母写信，从来是报喜不报忧。

记得，我去三线的第三个月就第二批入团了，高兴之余，我给我的母校写了一封汇报信，学校很重视，将我的来信以大字报的形式贴在了厂区最醒目的地方。父亲听说后，站在大字报栏前一字一句地将信的内容抄了回去，视若珍宝地收藏起来。

1971年的11月，在一次施工中，我的腿被汽车撞了，受了很严重的伤,在团卫生队住了两个月的院。我是多么希望妈妈能在我的身边啊!虽然思念,但我也不能告诉他们。我知道路途遥远,交通不便,在路上随时都会有车祸的危险。所以,我对家里一直保密着。

　　三个月后,父亲不知从哪儿知道了我受伤的情况,再不相信我一封封报平安的家书了,一定要亲自来三线看看我才能放下心来。妈妈连夜给我赶做四件不同花色的衬衣,买了我喜欢吃的柿饼、糕点等。父亲背着大包小包就上路了。没有直接到安康的车,父亲在西安等了一天,四处找人,幸好碰见一位学兵上士到西安采购返回,得知老爸要去女子连,就把他给捎上了(一路上战友都在照顾着父亲,我想对这位战友说一句感谢的话,可惜一直没有找见)。老爸用了两天的时间才到达安康。等风尘仆仆、一脸憔悴、浑身倦意的父亲突然出现在我面前时,我惊呆了,半晌说不出话来。老爸说,你妈实在是放心不下,一定要我来看看你。其实,在我看见老爸的一刹那,我那被冰雪封冻的心已经开始融化了,只是自己还没有意识。我冷冷地口是心非地说,我挺好的,你就不该来。不难想象,老爸的一腔热血被我一盆冷水给浇凉了。但父亲仍然热情地用亲情来温暖我,解开沉重的包袱,拿出一包包好吃的,招呼全班同学来吃。看见妈妈一针一线给我做的新衣服,我流泪了,我多么想念妈妈啊!爸代替不了妈啊!

　　仅仅让老爸在连队待了一天,第二天,我请连里帮助找了一辆回西安的车,狠心地将老爸送走了。临走时,看见老爸步履蹒跚的背影,一步一回头地上车了,想说什么欲言又止,一脸的愧疚,我的心都碎了。我多么想对爸爸说,不是女儿不爱你,也不是女儿不原谅你,是女儿还没有战胜自己的情感啊!我那时年龄还小,小到还无法理解天地之大,大不过父母的养育之恩。

车子启动了,看见父亲渐渐远去的身影,手仍在挥舞着,仿佛在告诉我:女儿,一定要平安回来啊!一定要顺顺利利得回来啊!父母在等着你呢!我顿时泪流满面,也挥着手和父亲作别。

送走父亲的那天,我一个人跑到后山上号啕大哭,我何尝不想去享受和父亲久别重逢的喜悦,何尝不想去感受父亲那温暖的怀抱,多么想和父亲一起絮絮叨叨地唠唠家常,多么想和小时候一样躺在父亲的怀里撒娇,做个乖乖女。可是我什么都没说,什么都没做,只是麻木地将经过千辛万苦,看我一眼的父亲就那样冷冷地送走了。

这是我心中永远的痛,永远的一个伤疤,几十年我们父女彼此都不去碰它,就连我想找到曾经照顾过父亲的那位战友,几次缓缓地将话题引到那儿,父亲只是淡淡地说,我忘了,不记得了。也许,父亲是真的忘了,也许父亲是故意忘的,可是我不能原谅自己。

在磕磕绊绊的生活过程中，那些难以忘怀的烦躁、郁结、顿悟，在回忆往事的过程中，我才发现我是那样的爱着我的父母，越发的感激我的父母，以及这充满了酸甜苦辣生活的本身。我想郑重地对老爸说声，对不起！但愿老爸的在天之灵能够听到我这迟来的道歉，其实这种歉意在我的内心已经很久很久了。

（王喜华）